LES CHATS.

A PARIS,
Chez GABRIEL-FRANÇOIS QUILLAU
Fils, Imp. Lib. Jur. de l'Université,
rue Galande, à l'Annonciation.

M. DCC. XXVII.

Avec Approbation & Privilege du Roy.

LES
CHATS.

PREMIERE LETTRE
A MADAME
LA M. DE B***

LE cœur ne vous a-t-il point battu toute cette soirée, Madame ? On a parlé des Chats dans une Maison d'où je sors ; on s'est déchaîné contre eux, & vous sçavez combien cette injustice-là coûte à supporter. Je ne vous rapporterai point tous les ridicules & tous les vices dont les Chats ont été accusez.

Je ſerois bien fâché de les avoir redits. [1]

J'ai tenté de défendre leur cauſe, il me ſemble que j'ai parlé raiſon ; mais dans les diſputes, eſt-ce avec cela qu'on perſuade ? Il auroit fallu de l'eſprit : Où êtiez-vous, Madame ? J'ai ſoutenu d'abord la ſortie qu'on m'a faite, avec ce ſang froid, & cette moderation qu'on doit garder en expoſant les opinions les plus raiſonnables, quand elles ne ſont pas encore bien établies dans les eſprits ; mais il eſt ſurvenu un incident qui m'a abſolument déconcerté : Un Chat a paru, & d'abord une de mes adverſaires a eu la preſence d'eſprit de s'évanouir ; on s'eſt mis en colere contre moi ; on m'a declaré que tous les raiſonnemens de la philoſophie ne pouroient rien contre ce qui venoit de ſe paſſer ; que les Chats n'ont été, ne ſont & ne ſeront jamais que des animaux dangereux, inſociables. Ce qui m'a penetré de douleur eſt que la plûpart de ces conjurez ſont gens de beaucoup d'eſprit.

Il faut que je vous confie un grand projet, Madame. Parmi tant de faits memora-

[1] Monſieur de Fontenelle, Eglogue.

bles qu'on a cherché à éclaircir & à mettre en ordre, on n'a point encore ſongé à faire l'hiſtoire des Chats ; n'en êtes-vous pas bien étonnée ? Homere n'avoit pas trouvé indigne de ſa Muſe de décrire la guerre des Rats & des Grenouilles. Un des chapitres de Lucien, traité avec le plus d'agrément, eſt à la louange de la Mouche ; & les Aſnes ont eu la ſatisfaction de voir faire leur éloge. [1] Comment les Chats ont-ils été negligez ? Je n'en ſerois pas ſurpris s'il falloit pour compoſer un Ouvrage à leur gloire, avoir recours à l'imagination ; mais dès qu'on porte ſes regards ſur les Chats des ſiecles paſſez, quelle foule d'évenemens plus intereſſans les uns que les autres ne découvre-t-on pas ? Avant que d'en expoſer le tableau, on paroîtroit bien ridicule, ſi on oſoit avancer qu'il y a eu tel Chat dont la vie peut-être a été plus brillante & plus traverſée que

(1) De M. de la Mothe le Vayer, ſous le nom d'Oratius Tubere.

Jacques Pelletier de la Ville du Mans, Poëte imprimé en 1581, a fait un Poëme à la louange de la Fourmi.

Le Sieur Perrin Introducteur des Ambaſſadeurs de M. le Duc d'Orleans, a fait ce même éloge en vers ; il a fait encore celui du Grillon, du Moucheron & du Ver à ſoye, imprimé en 1661.

celle d'Alcibiade ou d'Helene. Cependant ſi l'un & l'autre ont allumé des guerres fameuſes ? ſi Helene a vû des Autels élevez à ſa beauté ? de tels avantages ne les mettent point au-deſſus d'un grand nombre de Chats & de Chattes qui tiennent un auſſi beau rang au Temple de Memoire.

L'Hiſtoire des Chats devoit donc naturellement réveiller l'émulation des Ecrivains les plus illuſtres ? Mais enfin puiſque cette Hiſtoire n'a point été faite, la mediocrité des talens ne doit pas étouffer le zele. J'oſerai tenter cet Ouvrage, & je me croirai à portée d'y réuſſir, ſi vous me promettez d'aider à mon entrepriſe. Nous commencerons par chercher les ſources de cette fauſſe prévention qu'on a aſſez communément ici contre les Chats. Nous expoſerons de bonne foi les lumieres qu'une longue habitude de leur commerce, & la réflexion nous ont acquiſes. Nous rapporterons les formes differentes que les interêts des Chats ont pris ſucceſſivement dans les Nations, en gardant tous les ménagemens convenables, pour ne point révolter les perſonnes qui ont par pur ſentiment, de l'antipatie pour eux. Nous nous ſouviendrons toujours qu'il y a de certaines répugnances naturelles, leſquelles ſelon le Pere Malbranche, [1] peuvent être l'effet de l'imagination déréglée des meres, qui a influé ſur celle des enfans; ou, comme l'explique un celebre Philoſophe Anglois, [2] l'ouvrage des contes d'une Nourrice.

[1] On voit tant de perſonnes qui ne peuvent ſouffrir la vûe d'un Chat, à cauſe de la peur que ces animaux ont fait aux meres de ces perſonnes, lorſqu'elles étoient groſſes. *Rech. de la verité, tom.* 1. *l.* 2. *p.* 189. *Voyez auſſi à la page* 175. *la note premiere.*

[2] M.r Locke. Il eſt du même ſentiment que le Pere Malbranche; mais il ajoûte que le plus ſouvent ces antipaties ſont acquiſes, quoiqu'on les croye naturelles; que leur origine n'eſt que la liaiſon accidentelle de deux idées, que la violence d'une premiere impreſſion, ou une trop grande indulgence a ſi fort unies, qu'après cela elles ont toujours été enſemble dans l'eſprit d'un homme. Les idées d'eſprits ou de phantômes n'ont pas plus de rapport aux tenebres qu'à la lumiere; mais ſi on vient à inculquer ſouvent ces differentes idées dans l'eſprit d'un enfant, & les y exciter comme jointes enſemble, peut-être que l'enfant ne pourra jamais plus les ſéparer durant tout le reſte de ſa vie; la peur des Chats n'eſt donc qu'une de ces liaiſons irregulieres d'idées qui deshonore notre entendement. *Traité de l'entendement, pag.* 488. *&* 489. *l.* 2. *chap.* 33. *traduc. de l'Anglois.*

M. de Coulange a dit au ſujet des enfans dans une de ſes chanſons:

La crainte est aux enfans la premiere leçon, a dit M. de la Fontaine ; & d'ailleurs il est bien aisé de reconnoître que les antipaties acquises ou naturelles peuvent tomber sur les objets qui semblent le moins devoir se l'attirer ; l'un ne sçauroit voir des oiseaux sans fremir : tel autre fuit quand il apperçoit du liege. Germanicus ne pouvoit souffrir le chant ni l'aspect d'un Coq. [1] Les Chats par ces sortes de haines ne sont donc point caracterisez dangereux ni méchans ? On a oui dire dès le berceau que les Chats sont d'un naturel traître ; qu'ils étouffent les enfans ; qu'ils sont sorciers peut-être. La raison qui survient a beau se récrier contre ces calomnies, l'illusion a parlé la premiere, elle persuadera long-temps encore après qu'elle aura été reconnue pour ce

On leur fait peur du Loup-garou ;
On leur fait peur de la grand-bête ;
Le Dragon va sortir du trou,
Qui pour les dévorer s'aprête ;
Enfin ces petits malheureux
N'ont que des monstres autour d'eux.

[1] Plutarque, Livre de l'Envie & de la Haine, *page 107. traduction d'Amyot.*

qu'elle est ; & si les Chats obtiennent de n'être plus sorciers, ils resteront craints, du moins comme s'ils l'avoient été effectivement.

M. de Fontenelle avoue qu'il a été élevé à croire que la veille de la saint Jean, il ne restoit pas un seul Chat dans les Villes, parcequ'ils se rendoient ce jour-là à un sabat general. Quelle gloire pour eux, Madame, & quelle satisfaction pour nous, de songer qu'un des premiers pas de M. de Fontenelle dans le chemin de la Philosophie, l'ait conduit à se défaire d'une fausse prévention contre les Chats, & à les cherir.

Notre apologie ne regardera donc, ainsi que nous venons de nous le proposer, que les personnes qui, par indolence, suivent un ancien prejugé, ou celles qui, par *mignonerie*, affectent la frayeur des Chats. [1]

[1] Un exemple bien marqué des causes chimeriques qui fondent presque toujours la haine qu'on a contre les Chats, se trouve dans les Poësies de Ronsard ; c'est dans une Epître au Poëte Belleau.

Homme ne vit, qui tant haïsse au monde
Les Chats que moi, d'une haine profonde ;
Je hai leurs yeux, leur front, & leur regard ;
Et les voyant je m'enfuis d'autre part,

Tremblant de nerfs, de veines, & de membre,
Et jamais Chat n'entre dedans ma chambre;
Abhorant ceux qui ne sçauroient durer,
Sans voir un Chat auprès d'eux demeurer.

Jusqu'ici voilà une déclaration de haine, expliquée avec un grand détail; les yeux, le front, & le regard des Chats y sont mis en scene par preference. On s'imagine que le Poëte va donner raison de tout ce déchaînement; point du tout, il passe legerement à un récit:

Et toutefois cette hydeuse bête
Se vint coucher tout auprès de ma tête,
Cherchant le mol d'un plumeux oreiller,
Où je soulois à gauche sommeiller;

Cette heureuse découverte, de la façon de dormir, de Ronsard, prouve autant contre les Chats, qu'elle vient sensément à son sujet. Continuons:

(Car volontiers à gauche je sommeille,)
Jusqu'au matin que le Coq me réveille.
Le Chat cria d'un miauleux effroi;
Je m'éveillai comme tout hors de moi,
Et en sursaut mes serviteurs appelle.
L'un allumoit une ardente chandelle;
L'autre disoit que bon signe c'étoit,
Quand un Chat blanc son Maître reflatoit;
L'autre disoit, que le Chat solitaire,
Etoit la fin d'une longue misere;
Et lors fronçant les plis de mon sourci,
La larme à l'œil, je leur répons ainsi:
Le Chat devin, miaulant, signifie
Une fâcheuse & longue maladie;
Et que long-temps je gardrai la maison,
Comme le Chat qui en toute saison

Vous sçavez, Madame, quel rôle nos chers amis ont joué dans l'Antiquité ! Si les respects des hommes, quoique ridiculement fondez, peuvent faire quelque honneur à ce qui en est l'objet, il n'y a aucun des animaux qui puisse rapporter des titres plus éclatans que ceux de l'espece chatte. Il ne sera peut-être pas prudent de la peindre d'abord avec tant d'avantage ; mais pour mettre quelque ordre dans notre ouvrage, nous ne pouvons pas nous dispenser de commencer par faire

De son Seigneur le logis n'abandonne,
Et soit Printemps, soit Eté, soit Automne,
Et soit Hyver, soit de jour, soit de nuit,
Ferme s'arrête & jamais ne s'enfuit,
Faisant la ronde & la garde éternelle,
Comme un Soldat qui fait la sentinelle,
Avec le Chien & l'Oye, dont la voix
Au Capitole annonça le Gaulois.

Que d'inconsequences dans les idées de notre Déclamateur ! pour fonder son antipatie contre les Chats, il n'a que des louanges à leur donner; il leur accorde l'humeur sedentaire & la fidelité à garder le logis de leur Maître; il les compare enfin aux Oyes sacrées qui sauverent le Capitole.

Il n'est pas étonnant que Ronsard n'ait eu qu'une réputation passagere ; son peu de philosophie a ouvert les yeux sur les défauts de sa Poësie ; & cet Ouvrage-ci a vraisemblablement commencé d'établir ce mépris, dans lequel ce Poëte est generalement tombé.

envisager les Chats divinisez, comme ils l'ont été en Egypte, & honorez par des statues, & par un culte mysterieux transmis successivement aux Grecs, [1] & aux Romains; [2] & sans nous arrêter à un grand nombre de monumens de l'Antiquité, qui semblent s'être conservez exprès pour faire foi de la gloire des premiers Chats, nous exposerons seulement d'abord le Dieu Chat, tel qu'il étoit représenté en Egypte sous sa forme naturelle, paré d'un collier, au milieu duquel est attachée une table enrichie de caracteres hyerogliphiques. [3] Il est vrai qu'on n'a point l'intelligence de ces caracteres; mais nous ne laisserions pas de les expliquer en rassemblant differentes circonstances de la Mytologie des Egyptiens.

Ces peuples avoient pour tradition que les Dieux poursuivis par Typhon, [4] avoient

[1] Orphée apporta en Grece les Ceremonies Religieuses des Egyptiens, & les transmit aux Thebains. *Diod. de Sicile, livre premier, page* 11.

[2] Lucien, Dialogue de l'assemblée des Dieux.

[3] *Voyez les Antiquitez du Pere Montfaucon, Liv.* VI. *du Suplement, planche* XLIV. *du onziéme Tome.*

[4] Frere d'Osiris qui étoit l'époux d'Isis, *Diod. de Sic. livre* 1. *page* 6.

C. v. Scul

imaginé de se cacher sous des formes d'animaux. * *Anubis* [1] adoré depuis sous le nom de Mercure, s'étoit transformé en Chien. Diane qui, selon l'opinion d'Apulée est la même qu'Isis, [2] s'étoit transformée en une belle Chatte; & comme remarque fort bien Plutarque, [3] (car il ne faudra pas manquer de le citer,) les Egyptiens n'avoient point imaginé au hazard la forme d'animal que chaque Divinité étoit censée avoir prise. Mercure, par exemple, n'avoit preferé la forme du Chien, que pour marquer sa fidelité à accomplir les ordres de son Maître.

[1] Fils d'Osiris & d'Isis.

[2] Isis fille de Saturne & de Rhée, & selon quelques Mytologistes de Jupiter & de Junon, enfans de Saturne & de Rhée, leur succeda au Royaume d'Egypte, donna des loix aux Egyptiens & établit le culte des Dieux. *Diod.*

Je suis Isis d'Egypte Reine exquise,
Bubaste ville eut par moi constructure.

Ces mots étoient gravez en la ville de Nise en Arabie. *Diod. de Sic. liv.* I. *pag.*6. *&* *pag.* 15.

Isis est à la fois Cybelle, Minerve, Venus, Diane, Proserpine, Cerès, Junon, Bellone, Hecate, Rhamnusie; c'est de-là qu'elle a été appellée Myrionyme, Déesse à Millevoix. *Apulec Metam. Livre* XI.

[3] *Lib. de Matrim.*

* *Cùm verò in varia animalia ibi mutati fuisse dicantur, illa fuit causa cur animalia multiplicia postea coluerint Ægyptii. Nat. Com.* pag. 644.

En ſuivant donc l'opinion de Plutarque, ne ſerons-nous pas très-raiſonnables de trouver des rapports entre Diane & ſa métamorphoſe, & de conclure que les Egyptiens ne l'avoient imaginée ainſi traveſtie, que parcequ'ils connoiſſoient dans les Chattes des qualitez convenables à la prud'hommie de la Déeſſe. [1]

Il faudra enſuite expliquer cette autre figure antique; elle eſt ornée de ſimboles qui mettront de bien mauvaiſe humeur ceux qui ont réſolu de ne point eſtimer les Chats. Le Dieu Chat a devant lui, comme vous voyez, Madame, un Siſtre, [2] dont le manche eſt poſé dans une petite coupe, ou, ſi l'on veut, un gobelet; nous remarquerons d'abord que ce Siſtre étoit un inſtrument conſacré aux

[1] *Duxque gregis, dixit, fit Jupiter, unde recurvis*
Nunc quoque formatus Libys eſt cum cornibus Ammon.
Delius in corvo, proles Semeleïa capro,
Fele ſoror Phœbi, nivea Saturnia vacca,
Piſce Venus latuit, Cyllenius ibidis alis. Ovide Metamorphoſe Liv. V.

[2] Le Siſtre étoit un inſtrument de Muſique; Iſidore remarque que les Amazones s'en ſervoient à la guerre.

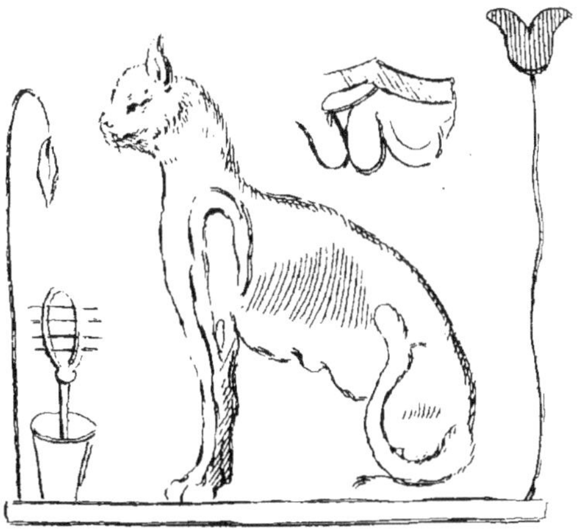

plus grandes Divinitez des Egyptiens ; [1] nous trouverons tout de ſuite occaſion d'établir que la Muſique étoit admiſe dans leurs feſtins ; & cela ſans découvrir encore combien cette Muſique a de rapports avec nos Chats.

Plutarque, dirons-nous, fait mention d'une chanſon celebre qui ſe chantoit dans tous les ſoupers de l'Egypte ; cette chanſon étoit à la louange du jeune Maneros dont elle portoit le nom. Les Egyptiens le croyoient inventeur de la Muſique ; il étoit fils du Roy Malcander, & de la Reine Aſtarte, qui accueillirent Iſis, lorſque, cherchant le corps de ſon époux [2] que Typhon avoit diviſé par morceaux, elle le trouva jetté par les vagues ſur la côte de Biblus, [3] où regnoit alors ce Roy, pere du jeune Maneros.

[1] *Voyez les antiquitez du Pere Montfaucon, Tome deuxiéme de la ſeconde partie.*

[2] Typhon lorſqu'il avoit tué Oſiris, avoit decoupé ſon corps en vingt-ſix parties, qu'il avoit répandues & cachées en differentes contrées. Iſis à force de chercher, les avoit recueillies, à l'exception de celles qui caracteriſent l'homme ; mais en ayant fait faire l'image, elle la conſacra par des fêtes & par des ſacrifices, & l'appella Phallus. *Diodore, Plutarque, & autres.*

[3] Biblus, Biblis, ou Biblos, Ville maritime de la Phenicie, eſt une des plus anciennes Villes du monde. *Steph. Bizant. in* Βύβλος.

Une autre circonſtance qu'il ſera bien eſſentiel de faire remarquer, eſt que l'extrêmité ſuperieure du Siſtre Egyptien étoit ordinairement enrichie d'une belle ſculpture, qui repréſentoit une Chatte à face humaine ; & qu'il y avoit quelquefois des Chats ſemez en differens endroits de cet inſtrument.

Mais nous avons un autre monument de l'Antiquité plus impoſant encore. Le Dieu Chat eſt repréſenté avec ſa tête naturelle ſur le corps d'un homme ; remarquez bien, Madame, tous ſes attributs. Il tient ce Siſtre même ; mais avec une dexterité, & avec un air d'habitude qui frappe, & qui découvre qu'il ſçait faire uſage de cet inſtrument. Eh ! pourquoi n'y auroit-il pas de vrais rapports entre les inſtrumens de Muſique & les Chats? tandis que les Dauphins depuis tant de ſiecles, [1] ſont en droit de s'attendrir aux ac-

Les Egyptiens dans la fête qu'ils appelloient des Pamyliens, portoient en triomphe une ſtatue dont le ſexe étoit marqué avec exageration, pour exprimer que la generation eſt le principe de toutes choſes. *Plut. Chap. d'Iſis & d'Oſiris.*

[1] Arion habitant de Metymne, inventa le Dithrambe. Il jouoit ſi admirablement de la lyre, que s'étant lancé dans la mer, les Dauphins le reçurent, & le porterent à Tencrare. *Pindare. Plutarque. Ovide. Athenée.*

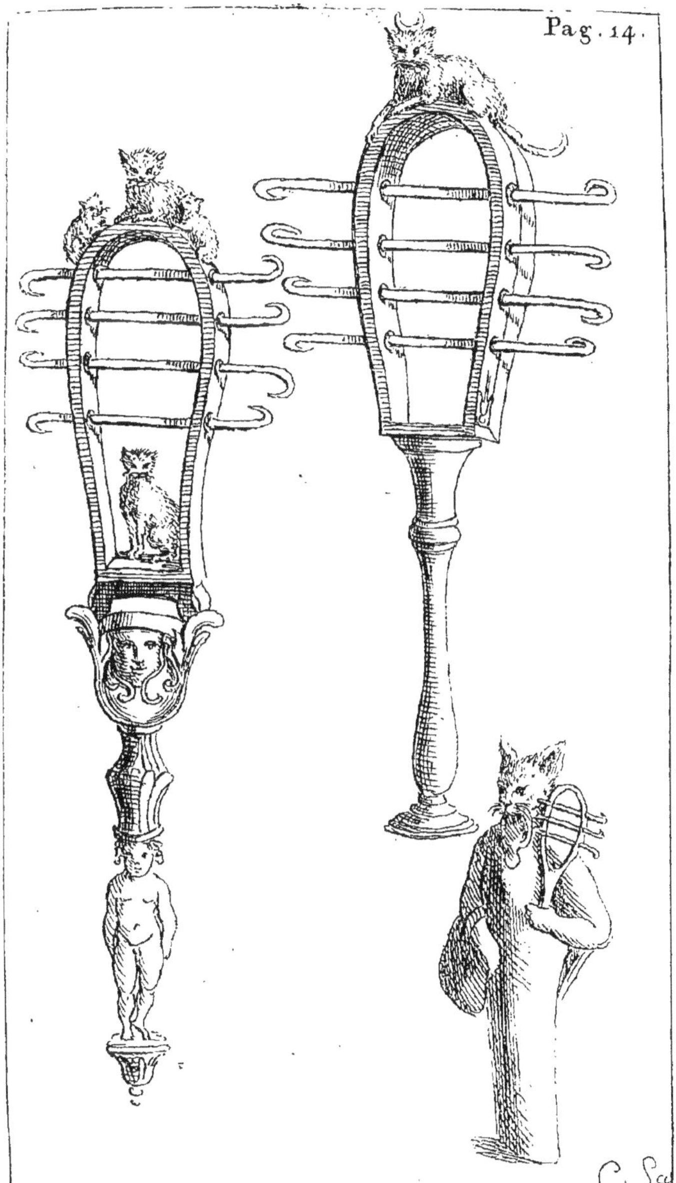
C. L. Sa

cords de la lyre ; que les Cerfs ſe plaiſent au ſon de la flûte, & que les Jumens de la Grece aimoient ſi fort les chanſons, qu'on en avoit fait une exprès pour elles, & qui portoit leur nom. [1] C'étoit, ſelon ce que rapporte Plutarque, une ſorte d'Epithalame, dont le charme adouciſſoit la rigueur de ces Jumens. Elles ne conſentoient à recevoir un époux, que lorſqu'elles entendoient cet air voluptueux qui n'étoit employé qu'à cet uſage. [2]

Mais voici bien une autre découverte qu'il faut abſolument manifeſter. *Les Chats*

Comme le Dauphin s'achemine,
Courant la part de la marine,
Dont il oit le ſon retentir
Des haut-bois . . . *Plutarque VIIe Livre des propos de table.*

[1] Ce chant s'appelloit Hyppothoron. *Plutarq. VIIe Livre des propos de table.*

[2] Sans aller chercher des exemples dans les ſiecles reculez, n'avons-nous pas dans une Province de France, des animaux ſur leſquels de certains tons ont le même aſcendant que la chanſon de Plutarque avoit ſur les Jumens.

On commence par appeller l'amant par ſon nom ; *Allons mon beau Martin*, dit-on ; *allons jeune vainqueur ; ne vous a-t-on pas choiſi une maitreſſe charmante : Voyez comme elle eſt prévenue en votre faveur ; allons, qu'attendez-vous pour être heureux.* Cette invitation qui ſe debite avec une ſorte de déclamation chantante, ne manque jamais de produire l'effet eſperé.

ſont très-avantageuſement organiſez pour la Muſique ; ils ſont capables de donner diverſes modulations à leurs voix, & dans les expreſſions des differentes paſſions qui les occupent, ils ſe ſervent de divers tons.

Ceux qui s'éleveront contre cette propoſition, ſeront bien étonnez d'apprendre que nous nous ſerons ſervi expreſſément des termes de deux hommes celebres par leur ſcience. [1]

Les Chats mis en poſſeſſion d'une belle & grande voix, nous demanderons à leurs adverſaires ce qu'ils penſent de cet aſſemblage du Siſtre & du Gobelet trouvez tant de fois entre les pates des Chats. Il me ſemble, Madame, qu'ils avoueront de bonne foi,

[1] M. Grew & M. le Clerc.

La varieté de la Tranche artere eſt remarquable dans les animaux ; les anneaux de ce tuyeau ſont diſpoſez, en ſorte que par leur moyen les animaux ſont capables de donner diverſes modulations à leur voix. Dans les Chats qui dans les expreſſions des paſſions qui les occupent, ſe ſervent de divers tons, ces anneaux ſont ſéparez & flexibles, ſelon qu'ils ſont plus ou moins dilatez, ou qu'ils le ſont tous, ou ſeulement quelques-uns d'entre eux ; il faut que le ton ſoit plus haut ou plus bas, comme il arrive à une corde de viole que l'on preſſe plus ou moins du doigt. M. Le Clerc, *Bibl. choiſ. tom. p. 293. & 294. Extrait de la Coſmologie ſacrée de M. Grew.*

foi, (car il y a de certaines veritez qui percent à travers la prévention;) ils conviendront, dis-je, que ce Siſtre, ſimbole de la Muſique, & ce gobelet qui réveille neceſſairement l'idée des feſtins, découvrent évidemment que chez les Egyptiens les Chats étoient admis dans les feſtins, & qu'ils en faiſoient les delices par le charme de leur voix.

Mais ſuppoſé qu'ils ne ſaiſiſſent pas d'abord le ſimple de cette propoſition, & que ſemblables à ces eſprits forts de la fable de Monſieur de la Mothe, [1] qui trouvent impoſſible ce qu'ils ne comprennent pas, ils oſent nous ſoutenir que jamais le chant des Chats, qu'ils ne manqueront pas d'appeller un miaulement, fondé ſur un vers attribué injuſtement à Ovide, [2] que ce chant, dis-je, n'a pû être harmonieux, ni même ſupportable, cela nous paroîtra d'une grande

[1] Tel eſprit fort, ſoi diſant infaillible,
Nie avec même orgueil tout ce qui le ſurprent.
Je ne le conçoi pas; donc il eſt impoſſible.
Vrai ſillogiſme d'ignorant. *Fab.* 7.

[2] *Pardus hiando felit.* Philomel. Poem. Carm. 50.

déraiſon ; mais nous le diſſimulerons pour ne point paroître prévenus. Nous nous contenterons d'abord de répondre que ce qui leur ſemble un miaulement dans les Chats d'aujourd'hui, ne prouve rien contre les Chats de l'Antiquité, les arts étant ſujets à de grandes révolutions : Nous ajouterons, avec tout le menagement poſſible, que ces diſſonances dont ils ſe plaignent, ne ſont peut-être qu'un manque de ſçavoir & de goût de leur part. Ceci pourra avoir beſoin de quelque éclairciſſement ; & c'eſt alors que la verité paroîtra dans ſon plus beau jour.

Notre Muſique à nous autres modernes, dirons-nous, eſt bornée à une certaine diviſion de ſons que nous appellons Tons, ou Semi-tons ; & nous ſommes aſſez bornez nous-mêmes, pour ſuppoſer que cette même diviſion comprend tout ce qui peut être appellé Muſique ; de-là nous avons l'injuſtice de nommer mugiſſement, miaulement, hanniſſement, des ſons dont les intervalles, & les relations admirables peut-être dans leur genre, nous échappent, parcequ'ils passent les bornes dans lesquelles nous nous sommes restraints. [1] Les Egyptiens étoient plus éclairez sans doute ; ils avoient étudié vraisemblablement la Musique des animaux ; ils sçavoient qu'un son n'est ni juste, ni faux en soi, & que presque toujours il ne paroît l'un ou l'autre, que par l'habitude que nous avons de juger que tel assemblage de sons est une dissonance ou un accord ; ils sentoient, par exemple, si les Chats dans leur Musique, passoient avec la même proportion que nous faisons, d'un ton à un autre, ou s'ils décomposoient ce ton même, & en frappoient les intervalles que nous appellons Comas, ce qui auroit mis une difference prodigieuse entre leur Musique & la nôtre ; ils discernoient dans un chœur de Matoux, ou dans un récit, la modulation simple ou plus détournée, la

[1] Ces nouveaux Peuples de l'Inde, dit Montagne, après avoir été vaincus, venant demander paix & pardon aux hommes, & leur apporter de l'or, ne faillirent d'en aller autant offrir aux chevaux avec une toute pareille harangue à celle des hommes, prenant leur hannissement pour langage de composition & de trêve.

legereté des paſſages, la douceur du ſon, ou l'aigu qui peut-être en faiſoit l'agrément: De-là ce qui ne nous ſemble qu'un bruit confus, un charivari, n'eſt que l'effet de notre ignorance, un manque de délicateſſe dans nos organes, de juſteſſe & de diſcernement.

La Muſique des peuples de l'Aſie nous paroît au moins ridicule. De leur côté ils ne trouvent pas le ſens commun dans la nôtre. Nous croyons réciproquement n'entendre que miauler; ainſi chaque Nation à cet égard, eſt pour ainſi dire, le Chat de l'autre, & des deux parts peut-être. Conduits par l'ignorance, on ne porte que de faux jugemens.

A ce raiſonnement qui, ſimple comme il eſt, leur fera ſans doute grande impreſſion, nous ajouterons une reflexion qui achevra de les convaincre. Les Egyptiens mettoient tout à profit pour ſentir le bonheur de l'exiſtence. Les ſquelettes apportez pendant les feſtins, avertiſſoient de profiter des momens de la vie. *Bois*, diſoit-on, *& réjouis:*

Demain peut-être tu ſeras mort ; [1] mais ce ſpectacle, quelqu'accoutumez qu'y fuſſent les Egyptiens, ni cette exhortation, ne devoient pas par la premiere impreſſion donner des idées agreables ; il n'eſt de precepte pour inſpirer le plaiſir, que les images du plaiſir même. Les Chanſons, les Siſtres, les Chats venoient donc au ſecours ; ils embéliſſoient la ſombre verité qui venoit d'être annoncée : De-là ſans doute, la gayeté s'emparoit inſenſiblement du feſtin. Dans nos chanſons, où ce même fond ſe retrouve aſſez communément, il eſt du moins preſenté par des images qui paroiſſent avoir plus de relation avec les ſentimens qu'on veut inſpirer.

[1] *Herodot. in Euterp.*

Plus inconſtant que l'onde & le nuage,
Le temps s'enfuit, pourquoi le regretter ?
Malgré la pente volage,
Qui le force à nous quitter,
En faire uſage,
C'eſt l'arrêter.
Goûtons mille douceurs ;
Si notre vie eſt un paſſage,
Sur ce paſſage au moins ſemons des fleurs.

Pardonnez-moi, Madame, la petite vanité de m'être ici cité pour exemple. Cette chanſon n'eſt que la même idée des Egyptiens rendue avec des couleurs plus douces, & qui ſont à notre égard les Siſtres & les Chats qui égayoient le tableau des ſquelettes.

Voilà les idées qui ſe ſont reveillées en moi dans les premiers momens de mon depit. Ma Lettre doit ſe ſentir de mon trouble : Ayez la bonté d'y mettre tout l'agrément qui y manque ; je vais faire des recherches ſerieuſes, afin de recueillir les Faſtes des Chats avec l'ordre & l'exactitude convenable à une matiere auſſi intereſſante & auſſi ignorée du vulgaire. J'ai l'honneur d'être, &c.

DEUXIE'ME LETTRE.

QUOIQU'IL fût fort tard, Madame, quand j'ai fermé hier au soir ma lettre, vous concevez bien qu'il m'a été impossible de dormir. J'ai passé la nuit à lire tout ce que j'ai de livres de l'Antiquité ; nous pouvons actuellement nous armer de belles citations latines & même greques, car il ne faudra point ménager nos adversaires qui vont mettre la gloire des Chats en évidence. Il me semble qu'il est plus aisé d'avoir raison en grec qu'en françois.

Comme nous avons suffisamment prouvé que les Chats avoient des Autels en Egypte, nous pouvons negliger de décrire un nombre de monumens antiques qui ne laissent pas lieu d'en douter. Ne citons que pour être exacts seulement, toutes les images de cette Divinité trouvées dans la table qui comprend les mysteres d'Isis ; & faisons remarquer que le Dieu Chat appellé Elurus ; eſt repreſenté quelquefois avec des traits humains ; miſtere dont un ſçavant Commentateur aſſure qu'il reſulte *qu'une Chatte eſt extrêmement comparable à la Lune, avec laquelle ce beſtial*, dit-il, *a une grande convenance & conformité*. [1]

Mais cet aſſemblage de traits humains dans le Dieu Chat, a une cauſe metaphyſique, qu'il me paroît encore plus important d'éclaircir. Je ſuis ſûr, Madame, qu'elle vous a frappé d'abord.

Vous ſçavez que la vanité des hommes les fait ſe rapprocher, autant qu'il leur eſt

[1] Par ce Simbole, ajoûte Vigenere, les Egyptiens vouloient entendre la Lune, avec laquelle ce beſtial a une grande convenance & conformité d'habitude, ſoit que vous regardiez aux varietez, taches, mouchetures de ſa peau, ou à ſa ruſe, ou qu'elle eſt en action plus la nuit que le jour, joint que l'on dit qu'à la premiere portée, elle fait un Chaton, à la ſeconde, deux, à la tierce, trois, & ainſi conſequemment juſqu'à la ſeptiéme, croiſſant chaque fois d'un ; tellement que tout le temps de ſa vie elle vient à avoir autant de Petits juſtement que l'on compte de jours en chaque Lunaiſon ; car tous ces nombres aſſemblez, montent à vingt-huit ; de plus l'augmentation de la prunelle de ſes yeux en pleine Lune, & la diminution dans le décours, nous donnent aſſez à connoître combien cela s'accorde & convient avec les mutations de cet Aſtre. *Notes ſur Philoſtrat. chap. du Nil, pag. 37. édit. de 1615.*

Pag. 25.

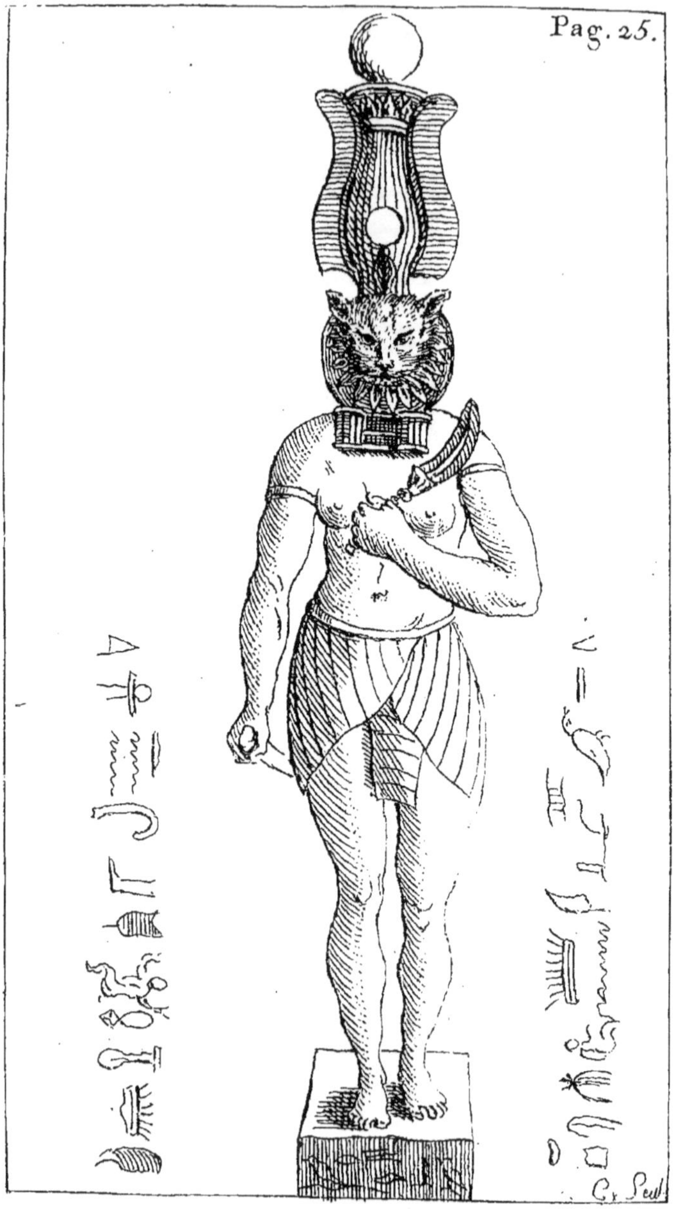

possible, de ce qu'ils ont élevé au-dessus d'eux. Dès que les Egyptiens eurent dressé des Autels à Elurus, ils lui substituerent insensiblement quelques traits de leur ressemblance: Examinez, Madame, ce monument; la figure a le corps d'un Homme, & la tête d'un Chat; elle est ornée de plusieurs attributs ordinaires aux Figures Egyptiennes; mais le plus digne d'admiration, est une couronne de lumiere que jette la tête du Dieu. *Si ce ne sont pas des rayons*, remarque le Pere Montfaucon, [1] *ils en approchent; & si ce sont des rayons*, ajoûte-t-il, *cela conviendroit à ce Dieu, l'un des plus honorez de l'Egypte.*

La reflexion que nous venons de faire sur les effets de l'amour propre, nous conduit à présumer que les Dames Egyptiennes sentirent à leur tour l'avantage de ressembler à la Déesse Chatte. Ce furent elles sans doute qui lui prêterent quelques traits de l'humanité, dans les statues qu'elles lui éleverent.

[1] *Livre sixiéme des Antiquitez, onziéme Tome du Suplément, planche quarante-quatriéme.*

Qu'aura-t-on à nous répondre, quand nous découvrirons le portrait de la Déesse Chatte représentée en belle femme, parée d'un superbe Panache, à la maniere des Figures Egyptiennes, & tenant une espece de sceptre, [1] au haut duquel est le gobelet dont nous avons déja dévoilé l'allégorie ; ou, quand nous la ferons voir assise avec dignité dans un fauteuil ? Pourra-t-on, sans admiration, voir dans un autre monument cette belle Déesse conservant sa tête de Chatte posée sur le corps d'une femme ? Elle porte une espece de bagnolette qui lui couvre les épaules & une partie des bras, & qui laisse appercevoir une gorge ravissante ; Elle a une tunique qui lui descend modestement jusqu'à la cheville du pied ; elle tient sous sa poitrine une tête d'homme bridée par le menton : Simbole manifeste de l'ascendant que les Egyptiens croyoient qu'elle avoit sur les cœurs ; & de l'autre bras elle soutient une espece d'urne, qui étoit apparemment en-

[1] *Ce pourroit bien être un bâton augural.*

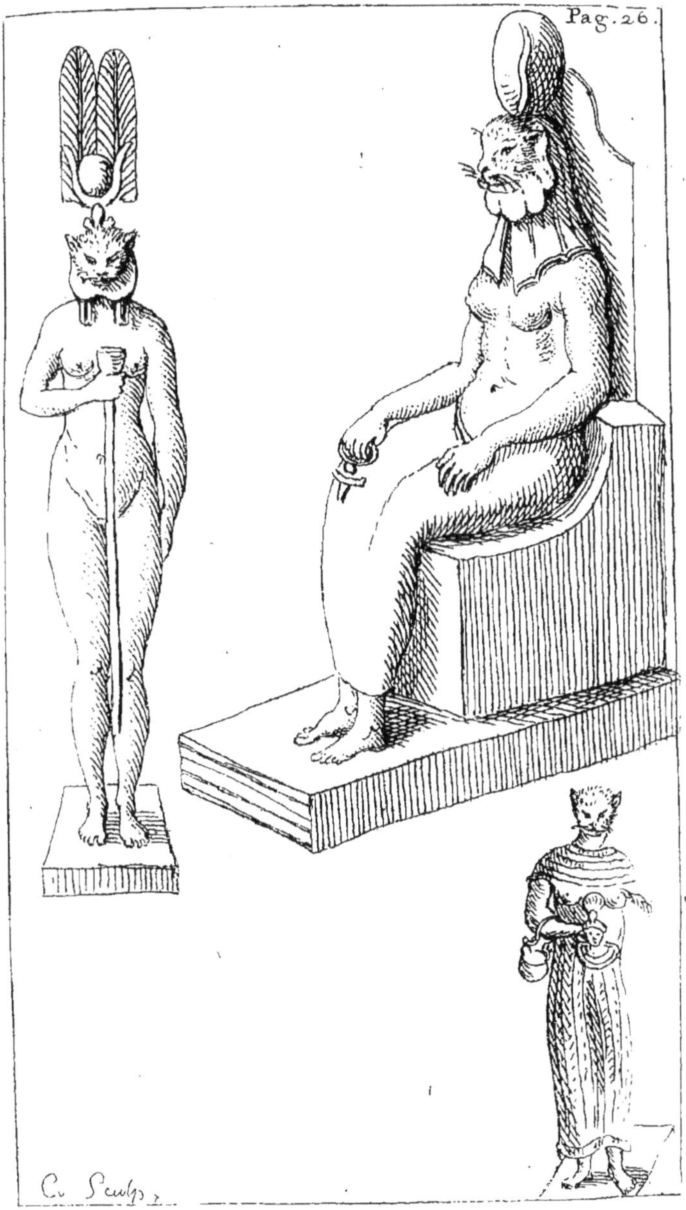
Cu Sculp.

core un éloge myſterieux de ſes charmes. [1]

De cet aſſemblage de graces, n'eſt-il pas tout ſimple de croire que la Déeſſe Chatte étoit regardée en Egypte, comme la Mere des Amours ? Toutes les beautez de Memphis ſe piquoient, ſans doute, de lui reſſembler ; & les Poëtes qui faiſoient des vers à leurs louanges, avoient l'art de leur trouver les yeux auſſi ronds & auſſi luiſans, que ceux de la Déeſſe. Vous concevez bien quel ſeroit le dépit des femmes qui ont le bon air de craindre les Chats, quand on leur prouveroit qu'il ne pourroit leur arriver de ſuccès ſi flateur, que d'être autant aimées, autant préconiſées qu'une Châtte de l'Egypte.

Ce ne ſera point une idée hazardée, que d'appeller la Déeſſe Chatte la Mere des Amours ; [2] c'étoit Iſis même que les Egy-

[1] *Antiq. du P. Montfaucon, Liv. VI. Tom.* II. XLV. *planche.*

[2] Pour ſe convaincre que les Chats peuvent avoir de vrayes relations avec les graces & la beauté, ſans aller chercher des autoritez en Egypte, n'avons-nous pas à Paris une perſonne infiniment aimable, à laquelle on a donné le ſurnom de la Princeſſe Miaou. Je ne ſçai point d'ennemie des Chats ſi declarée, qui ne ſe tînt très-heureuſe de lui reſſembler,

ptiens adoroient ſous cette forme agreable ; & Iſis préſidoit ſur les cœurs. Les amans l'invoquoient pour acquerir le don de plaire ; ils l'atteſtoient ſans doute, pour perſuader leurs maitreſſes, lorſqu'ils juroient par le nombre de trente-ſix, [1] ſerment le plus ſolemnel parmi eux, & le plus ſacré.

Eclairciſſons à preſent, c'eſt-à-dire, diſſertons ſur ce que pouvoit être le culte rendu au Dieu Chat.

Chaque divinité en Egypte avoit pluſieurs Prêtres, dont l'un avoit la ſuperiorité ; [2] & c'étoit de l'ordre de ces Prêtres que les Egyptiens éliſoient leurs Rois. Il y a toute

[1] On ne découvre point dans Plutarque qui rapporte ce ſerment, par quelles raiſons il étoit en uſage chez les Egyptiens. Que pouvoit être le nombre de trente-ſix à la tendreſſe d'un amant ! La preference donnée à ce nombre ſur tous les autres, ne venoit-elle point de ce que trente-ſix a un plus grand nombre de diviſeurs que les nombres qui le precedent, excepté celui de 24 qui lui eſt égal à cet égard ; mais qui lui cede pourtant en ce que 36 a un quarré, & que 24 n'en a point.

[2] *Plutarch. in Iſid. & Oſirid.*

Ces Prêtres menoient une vie extrêmement auſtere, l'uſage du vin leur étoit interdit ; ils n'en offroient point à leurs Dieux ; ils regardoient cette liqueur comme formée du ſang des Geants qui avoient fait la guerre aux Dieux, lequel ayant humecté la terre, avoit produit la Vigne. *Plutarq. id.*

apparence que le Pontife des Chats avoit toujours le plus de droits à la Couronne. Il ne faut pas oublier, je croi, de faire ſentir que ces Prêtres ſe baignoient deux fois par jour dans l'eau froide ; qu'ils étoient habillez de lin, *attendu que la fleur de lin eſt de couleur bleue celeſte* ; diſons auſſi que leurs ſouliers étoient formez d'une certaine plante appellée *Papyrus*. [1] Il ne tiendroit qu'à nous de mettre ce mot en grec, & d'alleguer un prodige au ſujet de cette plante. *Les Bibliens prétendoient qu'une tête formée de la plante appellée* Papyrus, *étoit portée tous les ans regulierement d'Egypte à Biblus dans l'eſpace de ſept jours.* Ils regardoient cette merveille comme *un témoignage de la faveur de leur Dieu Oſiris.* [2] Il eſt vrai que cette fable ne viendroit que médiocrement à notre ſujet ; mais du moins elle illuſtreroit la chauſſure de nos Prêtres, & une citation de plus

[1] Eſpece de Roſeau, dont on faiſoit le papier en Egypte ; on ſe ſervoit de ce papier dans tout le monde connu, avant l'invention du papier de chiffon. Les Rois d'Egypte étoient fort jaloux de ce Secret, & les Egyptiens faiſoient ſeuls ce commerce.

[2] In Dea Syr. *Luci*.

n'eſt pas à negliger. Ajoûtons encore que ces Sacrificateurs par une propreté convenable à la dignité de leur état, ſe raſoient le corps réguliérement de trois jours en trois jours. [1]

Il eſt à préſumer, & c'eſt ce me ſemble une remarque très-prudente à faire, que ces Prêtres dans leurs ceremonies ſe conformoient autant qu'il leur étoit poſſible, au Genie & aux attributs de la Divinité à laquelle ils étoient dévouez ; & qu'ainſi l'enjouement, la ſoupleſſe du corps, & les attitudes Pantomimes devoient faire la principale partie des myſteres du Dieu Chat. Si le Signor Tomaſini qui remplit avec tant de graces le rôle d'Arlequin dans notre Comedie Italienne, avoit vécu du temps des anciens Egyptiens, les devots du Dieu Chat l'auroient regardé comme l'image de la Divinité. Etrange contraſte de l'eſprit humain! Ce qui fait aujourd'hui le comique de la Scene, eût formé alors toute la dignité du Temple.

[1] *Euterp. C. 37. Herodot.*

Mais les Chats regardez comme Divinitez, prouvent ſeulement là ſotiſe des hommes, & ne ſont pas plus illuſtrez à cet égard que les Cygognes de l'Egypte, les Rats, & le Dieu Pet, [1] qui ont eu également leurs myſteres; rien ne caracteriſe mieux cette rivalité, qu'une fable de Monſieur de la Mothe, intitulée les Dieux de l'Egypte. C'eſt une de celles qui par le fond & par la forme, a le plus d'agrément & de philoſophie. [2]

Laiſſons une religion ſi extravagante, [3]

[1] *Voyez le 2. tome de la ſeconde partie de l'Antiquité du Pere Montfaucon.*
Voyez auſſi les Memoires de M. de Sallengre, ſur la Diſſertation de M. Terrin de l'Academie d'Arles, concernant le Dieu Pet, pag. 18.

[2] Dans l'Egypte jadis toute bête étoit Dieu;
Tant l'homme au contraire étoit bête;
Tel animal ailleurs qui n'a ni feu ni lieu,
Avoit là ſon Temple & ſa Fête.
On avoit fait un jour dans le Temple du Chat,
D'un Rat blanc & ſans tache un pompeux ſacrifice:
Le lendemain c'eſt le tour du Dieu Rat;
Il faut pour le rendre propice
Qu'à ſes Autels un Chat periſſe, &c.

[3] Les Dames Egyptiennes rendoient un hommage bien ridicule au Bœuf *Apis*: voici comment cette cere-

pour établir la préeminence que les Chats ont eu dans la societé sur les autres animaux de l'Egypte. Ils y ont joui personnellement des distinctions & des privileges les plus honorables. *Quand un Egyptien tuoit un Cercopiteque*, qui est une sorte de Singe, *ou un Ichneumon*, espece de Rat, lequel selon Elien détruit les Crocodiles, *ou le Bœuf Apis lui-même, s'il l'avoit fait de dessein prémédité, il lui en coutoit la vie; mais la loi étoit bien plus severe à l'égard de ceux qui attentoient sur les Chats, soit de propos déliberé, ou involontairement; ils étoient à l'instant livrez au bras seculier. Le peuple s'en emparoit, & les dechiroit avec fureur; aussi dès qu'un Egyptien appercevoit un Chat expiré, il s'en écartoit tremblant & fondant en larmes;*

monie est décrite par Amyot d'après Diodore de Sicile. Quand *Apis* est mort, les Prêtres menent premierement le Veau en la Cité du Nil, & le nourrissent par 40 jours, & après le mettent dedans une nef couverte où il y a une loge ou habitacle d'or; le menent tout ainsi comme s'il étoit Dieu, en la Cité de Memphis, & le logent au Temple de Wulcain, & au commencement il n'y a que les femmes qui voyent le Taureau, lesquelles étant devant lui leurs robes haussées. . . . . Le reste est trop indecent pour être ici rapporté. *Trad. d'Amyot, liv. I. p. 55.*

il

il alloit annoncer cette catastrophe, protestant qu'il n'en étoit pas coupable; & toute la Ville se remplissoit de clameurs. [1] *Alors les Magistrats venoient avec ceremonie s'emparer du mort; ils l'embaumoient avec de l'huile odoriferante, du Cedre, & plusieurs autres aromates propres à le conserver;* [2] *& on le transportoit à Bubaste pour y être inhumé dans une maison sacrée.*

Le traitement honorable qui leur étoit fait pendant leur vie, découvre encore mieux de

[1] *Felis. . . . . . Si quis volens vel invictus occiderit, ad mortem certissimè à multitudine concurrentium abreptus, crudelissimè interdum etiam absque Judicis sententia plectitur, &c.* pag. 74. édit. ann. 1604.

[2] *Efferuntur autem Feles mortuæ ad sacra Tecta, ubi sale condite sepeliuntur in urbe Bubasti.* Herod. liv. 2. c. 67.

Bubaste ancienne ville d'Egypte selon Herodote; elle étoit située sur le bord Oriental de l'embouchure du Nil.

Le grand Prêtre Onias y fit bâtir une Forteresse. *Joseph l. 7. c. 30. de la Guerre des Juifs.*

Cette Ville préferée pour être la sepulture des Chats, étoit une des plus renommées de l'Egypte. Les Fêtes qui s'y celebroient, étoient à l'honneur de Diane; des hommes & des femmes quelquefois au nombre de soixante mille, s'embarquoient pour s'y rendre; la navigation se passoit au son des flutes & des cymbales; les femmes quand on étoit prêt d'aborder à Bubaste, appelloient par de grands cris les Habitantes, qui accouroient sur le rivage & se mêloient à leurs danses & à leurs concerts. Ils marchoient ainsi vers le Temple où les sacrifices se faisoient avec une extrême magnificence. *Herodot. L. D. Euterp.*

quel prix ils étoient dans la société. Les Egyptiens les parfumoient & les faisoient coucher dans des lits somptueux. Ils employoient tous les secrets de la Medecine à traiter & conserver ceux qui étoient nez d'un temperament délicat ; ils donnoient de bonne heure à chaque Chatte un époux convenable, observant avec attention les rapports de goût, d'humeur & de figure. [1]

Quand il arrivoit un incendie, les Chats jouoient bien un autre rôle. *Ils entroient dans une fureur divine ; les Egyptiens accoutumez à cette merveille, negligeoient l'incendie, les environnoient ; & quelquefois ces Chats tutelaires s'échapoient, & sautant pardessus l'assemblée qui les entouroit, alloient se précipiter dans les flammes ; & quand ce malheur arrivoit, les Egyptiens menoient un deuil solemnel.* [2]

Ce deuil étoit si marqué & si sincere, que les femmes en oublioient jusqu'à leur beau-

[1] Plutarque.

[2] *Orto incendio divinum quidpiam Feles occupat; Ægypti enim, neglecto incendio, Felibus custodiendis advigilant ; Feles verò aut subeuntes, aut saltu transgressi in ignem sese conjiciunt, quod ubi contingit, ingenti luctu afficiuntur.* Herodot. livre second.

té ; & pour éviter la honte de paroître encore aimables dans le cours d'une tristesse si raisonnable, *elles se barbouilloient le visage, & couroient par la Ville échevelées, & dans un état de desolation ; elles étoient ceintes par le milieu du corps ; elles se frappoient la poitrine qu'elles laissoient découverte ; leurs plus proches parens marchoient à leur suite à demi nuds comme elles, & abandonnées à ce délire qu'entraînent toujours les grandes douleurs.* [1]

Qui sçait si l'exemple de cette fable ne fut pas le ressort secret qui détermina l'action genereuse de Q. Curtius ? Il y a toute apparence que son dévouement pour le salut de la patrie, en se jettant dans le gouffre, ne fut qu'une imitation de l'heroïsme des Chats de l'Egypte.

Quand un Chat mouroit de mort naturelle, toutes les personnes de sa connoissance tomboient dans la consternation ; elles portoient les marques de leur douleur jusqu'à se raser les sourcils. [2] Il y a

[1] Herodote. Livre second.

[2] *Supercilia radunt*, Herodot.

eu peut-être tel Chat dans Memphis dont les obſeques ont été plus decorés & plus celebres que celles d'Alceſte & d'Epheſtion. Admette, [1] pour marquer toute ſa douleur de la perte de cette épouſe cherie, ordonna qu'on coupât les crins des chevaux qui conduiſoient le char. [2] Alexandre, il eſt vrai, outre les crins de tous les chevaux de ſon empire, proſcrivit encore celui des mulets, & fit tomber les crenaux des villes. Mais que ſont de tels ſacrifices, au prix des larmes des plus belles femmes de l'Egypte, courant en deſordre par la ville, & redemandant aux Deſtinées un Chat dont la Parque vient de trancher les beaux jours? Que peut-on oppoſer à tant de fourcils qu'il en a couté aux fronts les plus reſpectez de l'Egypte? [3] Quels ſoins auſſi ne

[1] Τετρίππά τε ξευγνῦσθε καὶ μονάμπυκας πώλους, σιδήρῳ τέμνετ' αὐχένων φόβην. *Alceſt. d'Euripide, édit. aldi* 1505.

[2] Diodore de Sicile rapporte que de ſon temps, tel de ceux qui étoit chargé de l'entretien d'un de ces animaux ſacrez, a dépenſé pour ſes obſeques juſqu'à neuf mille marcs, *p.* 54.

[3] *Adeo autem animis hominum iſta erga animalia religio, & tam obſtinendum ad venerandum ea quiſque affectum gerit, ut etiam quo tempore Ptolomæus Rex à Romanis nundum amicus erat renunciatus, & plebs præ metu huc omne ſtudium confe-*

se donnoit-on pas pour conserver le Chat d'une maison ? Quelle prévenance sur tous ses goûts ? Quelle attention à lui faire passer une vie agréable ? On a vû un Chat desobligé faire avorter les projets politiques, & semer le desordre & la rebellion. L'Egypte, sous l'un des Ptolomées, fut le théâtre de cette grande avanture ; le nom Romain y étoit alors également craint & honoré. *Les Egyptiens accueilloient avec soumission tout ce qui venoit d'Italie. Il arriva qu'un Romain fit quelque insulte à un Chat, ce fut même sans nul dessein ; cependant tout le peuple s'arma pour en tirer vengeance : ni la presence des Magistrats, ni les menaces de Ptolomée, ne purent arrêter sa fureur ; le coupable fut massacré* ; ainsi la puissance Romaine cessa d'en imposer, dès qu'elle eut pour rivale la cause d'un Chat outragé.

rebat, ut ex Italia profectos obsequio se coleret, utque nullam eis criminis aut belli ansam praberet, Fele tamen à Romano quodam interfecta populi ad ades ejus concursu facto, neque proceres ad deprecandum à Rege missi, neque communis Roma terror hominem pœna eximere valuerit, quamvis citra voluntatem facinus peregisset, id quod non auditu per captum referimus; sed ipsi in peregrinatione ad Ægyptum vidimus. Diod. Sicul. pag. 74.

Ce respect des animaux influoit sur toutes les actions des Egyptiens. Ceux qui habitoient les villes, vouoient leurs enfans à ces animaux sacrez. Vous jugez bien, Madame, que ce ne pouvoit être qu'aux Chats que les gens du monde étoient vouez. Voici quelle étoit cette ceremonie. On rasoit la tête de l'enfant entierement ou à moitié, ou seulement la troisiéme partie ; ensuite les cheveux étoient pesez dans une balance, avec une quantité d'or ou d'argent proportionnée ; & quand la pesanteur du métal l'emportoit, cette offrande étoit remise à la personne qui veilloit sur le Chat auquel l'enfant venoit d'être voué : elle en achettoit du poisson, & du pain qu'elle mêloit avec du lait pour la nourriture de l'animal respecté. [1]

Cette fonction étoit extrêmement enviée ; on en étaloit les marques avec pompe ; on portoit à découvert le portrait du Chat auquel on étoit voué : cet appareil

[1] *Felibus autem f.·iatum in lacte panem cum Poppyssimo, id est emissis quibusdam vocibus, apponunt aut piscium, ex nilo segmentis eos cibant.* Diod. de Sic. p. 74.

attiroit le respect des citoyens toujours prosternez devant ceux à qui la garde des animaux sacrez étoit confiée [1]; & comme chaque Palais destiné à ces animaux, n'en contenoit que d'une seule espece, imaginez, Madame, quelle étoit la fortune d'un citoyen qui pouvoit toute sa vie se trouver pour unique devoir la satisfaction de s'occuper des Chats, & jouir ainsi de la consideration publique. [2]

Cet amour des Chats chez les Egyptiens, n'a jamais paru avec plus de constance & de grandeur d'ame que dans la guerre qu'ils eurent à soutenir contre Cambyse dans la quatriéme année de son regne. Ils étoient alors gouvernez par Psammenite qui venoit de succeder à Amasis.

L'ambitieux Cambyse ne pouvant s'ou-

[1] Les Villes d'Egypte se cotisoient pour la dépense d'un nombre infini de Portraits des animaux consacrez qu'on distribuoit aux Citoyens. *Diod. Herod.*

[2] *Munia verò hæc non tantùm non declinavit aut pro-palam obire erubescant, sed contra ac si deos maximis honoribus affecerint & cum propriis signis urbes circumeunt, & cùm procul agnoscitur quorumnam animalium curam habeant, ab omnibus flexione genuum, alioque cultu honorantur.* Diod. de Sicile. p. 74.

vrir l'entrée de l'Egypte qu'en ſe rendant maître de la ville de Peluſe [1] qui paroiſſoit imprenable, s'aviſa d'un ſtratagême digne de ſa haute politique. Sçachant que la garniſon de cette place étoit composée toute d'Egyptiens, il mit à la tête de ſes troupes un grand nombre de Chats; ſes capitaines & ſes ſoldats en portoient chacun un en forme de bouclier. Ce ne fut que ſous de tels chefs que ſon armée s'empara de Peluſe. Les Egyptiens dans la crainte de confondre ces Chats avec leurs ennemis, n'oſerent lancer aucuns de leurs traits, & conſentirent plûtôt à recevoir un Vainqueur. [2]

Voici juſques à preſent toutes mes découvertes, Madame; & comme je ne me fie pas à mes ſeules lumieres, je vais conſulter tous les Sçavans de l'Europe. Vous jugez bien que je n'épargnerai ni le temps, ni le travail. Les ouvrages qui ne ſont

[1] Peluſe s'appelloit anciennement *Avaris*, & auparavant *Triplion* ſelon Manethon.

[2] *Polianus liv.* 3. *Herodote liv.* 2. *Diod. de Sicile liv.* 1.

Et Prideaux Hiſt. des Juifs tom. 1. *liv.* 3. *page* 303.

qu'un jeu de l'eſprit, ne demandent que les momens de notre loiſir ; mais on ſe ſent emporté par une vraye émulation, quand on a entrepris quelque point eſſentiel de l'hiſtoire.

J'ai l'honneur d'être, &c.

TROISIE'ME LETTRE.

NOTRE ouvrage s'avance, Madame; bien des perſonnes ſenſées en ont ſenti l'utilité, & m'ont ſecouru de leurs lumiéres; ſérieuſement je crains que la Dame d'avant-hier ne ſe ſoit évanouie de bonne foi : Ce n'eſt preſque plus le bon air, que de jouer de certaines frayeurs; ainſi bien-tôt on ne ſongera pas à avoir peur des Chats. Les femmes n'adoptent guéres de ridicules, que ceux qui portent avec eux un caractere d'agrément; leur vanité eſt à cet égard bien plus ſenſée que la nôtre.

Mais ſeroit-ce aſſez pour nous que de voir l'antipatie pour les Chats s'effacer? Ne faudroit-il pas que tous les yeux fuſſent ouverts ſur leur merite?

Ne reviendrez-vous point, heureux ſiecle d'Aſtrée?
Jours de paix, de plaiſirs, yvreſſe du bonheur,
Où l'amour une fois jurée,
Pour jamais regnoit dans un cœur;

Où l'Epouſe tendre & cherie,
Ne connoiſſoit de ſort plus doux,
Que de paſſer toute ſa vie
Entre ſon Chat & ſon Epoux. [1]

Mais ne nous arrêtons point, Madame, à des idées trop flateuſes; paſſons à bien des veritez hiſtoriques que nous avons encore à faire valoir.

Les Arabes adoroient un Chat d'or; [2] ils avoient une ſi grande opinion des Chats, qu'ils ne purent jamais ſe réſoudre à leur croire une origine ſemblable à celle des autres animaux. Ils ſingulariſerent celle-ci par une fable qui acquit bien-tôt parmi eux l'autorité de l'hiſtoire : Les Rats, ſelon cette fable, s'étoient multipliez dans l'Arche, & rongeoient ſans aucune diſcrétion la pâture des autres animaux. Noé réſolut de les dé-

[1] Platon en ſa Peinture de l'âge d'or ſous Saturne, compte entre les principaux avantages des hommes de lors; la communication qu'ils avoient avec les Bêtes, deſquelles s'inſtruiſant & s'enquerant, ils ſçavoient les vrayes qualitez de chacune d'elles, par où ils acqueroient une très-parfaite intelligence, & conduiſoient de bien plus loin plus heureuſement leur vie que nous ne ſçaurions faire. *Montagne chap.* 12. *pag.* 210.

[2] *In urbe Nadata apud Arabes Felis aurea colebatur.* Plin. lib. VI. cap. XXIX. de Fele ſive catto animali.

truire ; & ſe trouvant auprès du Lion, il lui donna un ſoufflet : Ce ſoufflet cauſa au Lion un éternuement, & de l'éternuement ſortit un beau Chat, le premier Chat qui ſoit venu livrer la guerre aux Souris. [1]

Ce merveilleux évenement n'eſt, comme vous le voyez, Madame, que médiocrement développé par l'Auteur Arabe ; il n'explique point par quel motif Noé ſe détermina à ſouffletter le Lion par préference ; mais nous retrouvons heureuſement cette même Fable rendue avec plus de clarté dans une des lettres Perſannes : voici comment elle eſt contée. *Il étoit ſorti du né du Cochon un Rat qui alloit rongeant tout ce qui ſe trouvoit devant lui, ce qui devint ſi inſuportable à Noé, qu'il crut qu'il étoit à propos de conſulter Dieu encore ; il lui ordonna de donner au Lion un grand coup ſur le front, qui éternue auſſi-tôt, & fit ſortir de ſon né un Chat.* [2]

[1] Murtadi Habitant de Tybe ville d'Arabie, ſelon le Genharime, a fait en 1584. un Traité des merveilles de l'Egypte, traduit en François par Valtier en 1665 ; c'eſt de ce Traité que cette tradition eſt extraite.

[2] Cette lettre eſt intitulée *Tradition Otomane* ; c'eſt l'ombre de Japhet qui parle, interrogée par le Juif Ibeſalon.

Les circonſtances de cette Fable heureuſement reſtituées par l'Auteur des lettres Perſannes, prouvent bien avec quel choix & quelle fineſſe il ſent les traits propres à jetter de vrais agrémens dans un ouvrage ; & ce fragment de l'hiſtoire des Chats n'a pas peu contribué ſans doute, au ſuccès d'un livre auſſi generalement applaudi. Et les Perſes, Madame, (on ſçait que c'étoit un peuple éclairé ;) croit-on qu'ils n'avoient pas une haute eſtime des Chats ? Il n'y a qu'à lire ce qui ſe paſſa ſous le regne d'un de leurs plus illuſtres Rois. Il s'appelloit Hormus : Tranquille dans le ſein de la paix, ce Monarque apprit qu'une armée de trois cens mille hommes commandée par le Prince Schabé-Schah ſon parent, faiſoit une invaſion dans ſon Empire ; il aſſembla ſes Miniſtres, & tandis qu'il déliberoit ſur une conjoncture ſi preſſante, un vieillard venerable ſe préſenta, & parla ainſi : *Roy, l'Armée du Rebele peut être détruite en un ſeul jour, & vous avez dans vos Etats le Heros auquel cette victoire eſt réſervée. Vous le connoîtrez entre vos Capitaines par une distinction aussi rare qu'avantageuse ; mais pour ne vous point paroître suspect dans ce que j'avance , il faut que je vous rappelle les services que j'ai rendu au Roy Nouchirvan votre illustre pere. Ce fut à moi que ce Monarque confia le soin d'aller demander de sa part au Khacan des Turcs une de ses filles en mariage ; je fus introduit dans le Palais des Princesses , elles me parurent toutes extrêmement belles , & j'aurois été bien embarassé à me déterminer , si j'avois crû que la beauté uniquement dût fixer mon choix ; mais je voulois que ce fussent les qualitez du cœur & de l'esprit qui emportassent la balance. Je demandai au Khacan la liberté de demeurer quelque temps à sa Cour , afin de pouvoir connoître le caractere des Princesses ses filles. Elles marquoient toutes un égal empressement de devenir Epouse du Roy de Perse , & j'examinois secretement les differens ressorts qu'elles faisoient jouer , pour m'engager chacune à leur donner la préference ; une seule , (& c'est elle qui est devenue la Reine votre mere ;) une seule,* dis-je, *ne mit en usage que la même conduite qu'elle avoit toujours gardée ; c'étoit une grande douceur dans le caractere, un goût toujours le même pour ses devoirs, un certain agrément dans l'esprit, qui la faisoit aimer de tout ce qui approchoit d'elle. Enfin pour fixer mon choix, elle ne voulut paroître que ce qu'elle étoit, & je crus reconnoître à cette marque le vrai caractere de la vertu. Je la demandai au nom de mon Roy ; & l'Empereur son pere, suivant l'usage de ses Etats ; avant le départ de la Princesse, fit faire son horoscope par les plus habiles Astrologues : Ils s'accorderent tous en une circonstance ; ils prédirent qu'elle auroit un fils qui surpasseroit en renomée tous ses Ancètres ; que ce Prince seroit attaqué par un des Rois du Turquestan, sur lequel il remporteroit une victoire entiere, s'il étoit assez heureux de trouver un de ses sujets qui eût la phisionomie d'un Chat sauvage.* Ce récit achevé, le vieillard qui avoit la science des Sages, disparut comme un éclair.

Le Roy ne songea plus qu'à chercher le heros qui devoit sauver ses Etats. Le vieillard n'avoit point déclaré son nom, ni donné aucune lumiere ſur le ſéjour qu'il habitoit ; mais la reſſemblance avantageuſe du Chat, le fit bien-tôt reconnoître dans la perſonne de Baharam, ſurnommé Kounin. Il étoit de la race des Princes de Rei, & gouvernoit pour-lors la Province d'Adherbigan. [1] Hormus le preſſa de prendre le commandement de ſon armée, & reſta ſurpris merveilleuſement, lorſque Baharam ne choiſit que douze mille hommes pour combattre les trois cens mille rebelles ; cette troupe animée par le préſage admirable dont leur étoit la phiſionomie de leur General, vainquit l'armée ennemie ; Baharam tua de ſa main le Prince Schabé-Schah, & fit priſonnier ſon fils ; ainſi la victoire la plus digne d'illuſtrer la Perſe, peut être regardée comme l'ouvrage des Chats. [2] Quand Sanna-Cheribe Roy des Arabes & des Aſſyriens perdit cette celebre bataille contre le Roy d'Egypte, auroit-il éprouvé ce grand revers, s'il avoit eu la précaution d'avoir

[1] Ou Medie.

[2] Biblioteque Orientale, cite *Kondemire*.

d'avoir des Chats dans son armée ? Il étoit campé près de Peluse, lorsqu'une nuit des Rats champêtres s'étant jettez dans son camp, rongerent les arcs & ce qui servoit à tenir les boucliers ; Sethon [1] qui regnoit alors en Egypte, & qui n'avoit qu'une poignée de soldats, attaqua dans cette conjoncture les troupes de Sannacheribe, qui se trouvant sans armes, n'eurent d'autres ressources, que la fuite ou la captivité : Que le Roy des Assyriens eût été secondé par quelque Chat, il faisoit la conquête de l'Egypte.

Si tous les Historiens celebres ne se sont pas attachez également à rapporter les évenemens merveilleux occasionnez par les Chats, on découvre du moins que tous avoient pour

[1] Sethon Prêtre de Wulcain succeda à Anysis qui étoit aveugle ; il avoit été détrôné au commencement de son regne par un Ethiopien nommé Sabach, lequel dès qu'il fut sur le trône ne montra que les vertus d'un veritable Monarque. Ayant été averti en songe que pour sa sureté il falloit qu'il rassemblât tous les Prêtres de l'Egypte, & les fit couper en deux par le milieu du corps ; il aima mieux abandonner volontairement la Couronne & retourner en Egypte, que de la conserver par cet acte d'inhumanité. Ce fut après l'abdication de Sabach qu'Anysis qui étoit remonté au trône, étant mort, Sethon lui succeda. *Herodot.*

eux en general une eſtime marquée. Lucien dans ſon Dialogue de l'Aſſemblée des Dieux, en examinant les animaux honorez en Egypte, tourne en ridicule les Singes, les Cynocephales, les Sphinx; mais il garde ſur les Chats un ſilence reſpectueux: Cette retenue dans un Philoſophe auſſi cinique, ne peut être regardée que comme un veritable éloge; & ce n'eſt pas la ſeule occaſion où les Chats ayent été ménagez avec beaucoup d'égards. On empêchoit avec ſoin chez les Romains que les Chiens n'entraſſent jamais dans les Temples d'Hercule; le ſacrifice auroit été interrompu, & les myſteres profanez. [1] Ceux qui avoient porté cette loi, avoient prévu ſans doute, que les Chats qui par leur ſoupleſſe ſe font un paſſage aux lieux mêmes où les Chiens ne peuvent aborder, pourroient aiſément ſe produire dans ces

[1] Il étoit défendu au Prêtre de Jupiter, appellé le *Flamen Dial*, non-ſeulement d'avoir aucun Chien dans ſa maiſon, mais encore d'en prononcer le nom, parceque, dit Plutarque, le Chien eſt de ſa nature un animal âpre & querelleur. *L. des Demand. des Choſ. Romaines.*

Temples ; [1] les Chats cependant n'étoient point désignez dans cette loi exclusive. Quelle preuve plus manifeste que la presence des Chats n'étoit jamais regardée qu'en bonne part dans les plus augustes assemblées ? Nous les avons déja fait voir à la place d'honneur dans les festins de l'Egypte, mangeant & faisant les délices de la table par le charme de leur voix : Cette circonstance de leur triomphe qui paroîtra peut-être la plus difficile à croire, trouve cependant encore une preuve bien claire dans ce que Plutarque [2] dit au sujet des Cygales qu'il appelle Musiciennes. Il prétend qu'elles étoient estimées comme telles par Pytagore ; & que c'est en faveur de leur musique, qu'il avoit défendu qu'on gardât dans les maisons des nids d'Hirondelles, parceque ces Oiseaux mangent les Cygales. On ne contestera point je croi,

[1] Les Grecs en leurs Sacrifices de Purification observoient d'en écarter les Chiens, ce qu'ils appelloient *Perycylacismes. Plutarq. in Romul. pag. 37. traduction d'Amyot.*

[2] Dans le Château d'Athenes, parcequ'il y avoit un Temple à Diane & dans l'Isle de Delos qui lui étoit consacré, on ne souffroit aucuns Chiens, à cause de l'indecence avec laquelle ils s'accouplent en public. *Plutarq. liv. des propos de table.*

à Pytagore d'avoir été le plus délicat connoiſſeur en muſique qu'ait eu l'Antiquité. Quelqu'un qui entend le concert des Aſtres, qui ſent ſi la Planette de la terre produit par ſon mouvement une tierce ou une octave exacte avec le ſon que forme la Planette de Venus, en doit être cru quand il déclare que les Cygales ſont Muſiciennes ; & en bonne foi ſi leur chant eſt mélodieux, il faudroit être de bien mauvaiſe humeur pour diſputer aux Chats [1] le même avantage. On conviendra du moins que la voix des Chats eſt plus éclatante ; & d'ailleurs nous diſtinguons bien mieux la varieté & le deſſein de leur chant ; il eſt ſi ſimple & ſi agréable, que les enfans à peine ſortis du berceau, le retiennent, & ſe font un plaiſir de l'imiter. Mais nous avons, Madame, dans une fête donnée à la Cour de LOUIS XI. une muſique auprès de laquelle un concert de

[1] Les Chats ſont ſi heureuſement organiſez pour la Muſique, qu'ils ſont encore l'ame d'un Concert, même après leur mort. Le Violon eſt le plus agréable de tous les Inſtrumens ; la Chanterelle eſt la Corde du Violon la plus ſonore & la plus touchante, & les bonnes Chanterelles ſont de Boyaux de Chat.

Chats devient la chose du monde la plus simple. On imagina de faire executer devant ce Prince un Opera d'un genre tout-à-fait nouveau ; il n'étoit formé que par des Cochons, & il eut beaucoup de succès. [1] Après cet exemple, nous rougirions comme vous le jugez bien, Madame, d'appuyer plus long-temps sur l'agrément de la Musique des Chats. Ceux qui n'y sont pas sensibles n'ont qu'à s'en prendre au peu de soin qu'ils ont eu de se former le goût.

Hermes Trimegiste découvrit le premier en Egypte que les trois parties de la Musique avoient une grande relation avec les

[1] Louis onze demanda un jour à l'Abbé de Baigne, homme de grand esprit & Inventeur de choses nouvelles (quant à Instrumens musicaux) qui le suivoit & étoit à son service, qu'il leur fit quelque harmonie de Pourceaux, pensant qu'on ne le sçauroit jamais faire. L'Abbé de Baigne ne s'ébahit, mais lui demanda de l'argent pour ce faire, lequel lui fut incontinent délivré, & fit la chose aussi singuliere qu'on avoit jamais vû, car d'une grande quantité de Pourceaux de divers âges, qu'il assembla sous une tente ou pavillon couvert de velours, au devant duquel pavillon y avoit une table de bois toute peinte, avec certain nombre de marches ; il fit un long Instrument organique, & ainsi qu'il touchoit lesdites marches avec petits Eguillons qui touchoient les Pourceaux, les faisoit crier en tel ordre & consonance que le Roy & ceux qui étoient avec lui y prirent plaisir. *Bouchet. Annalles d'Aquitaine. fol.* 164.

ſaiſons de l'année. Que la haute reſſembloit à l'Eté, la baſſe à l'Hiver, & la moyenne au Printemps; [1] on ne s'attendoit point à ces reſſemblances. La Muſique a un nombre de caracteres qui ne ſe preſentent que quand on eſt bien déterminé à les découvrir; nos idées ſur les expreſſions de la voix des Chats, ne ſont encore que confuſes; il faut eſperer qu'un jour un nouveau Trimegiſte les rendra ſenſibles & en fera connoître & la juſteſſe & la beauté; une connoiſſance ſi curieuſe n'eſt peut-être pas auſſi éloignée qu'on le penſe? Un homme du ſiecle, auquel nous devons des Poëſies très-aimables, [2] s'eſt rendu plus recommandable encore par l'étude qu'il a fait du Langage des Chats; étude ſatisfaiſante & qui lui a ſi heureuſement réuſſi, qu'il entend exactement ce qu'expriment les differentes inflexions de leur voix, & ce qui eſt d'admirable, eſt qu'il ne faut pour acquerir cette intelligence, que l'entendre une fois

[1] Diodore de Sicile. *liv.* 1. *pag.* 7.

[2] Monſieur Hauterot.

réciter un Dialogue qu'il a composé, où deux Amans s'entretiennent. Voici, Madame, cette scene charmante; elle perdra beaucoup à n'être que lue, quoiqu'elle soit écrite avec élégance & précision; la façon de la déclamer comme lui d'après les Chats, y donnant tout le caractere de verité. La scene est au coin du feu d'une Cuisine.

LA CHATTE *voyant tourner la broche, & se débarbouillant.*

Ç'a est bon.

LE MATOU *appercevant la Chatte, & s'approchant avec un air timide.*

Ne fait-on rien ceans ?

LA CHATTE *ne lui jettant qu'un demi regard.*

Ohn.

LE MATOU *d'un ton passionné.*

Ne fait-on rien ceans ?

LA CHATTE *d'un ton de pudeur.*

Oh que nenni.

LE MATOU *piqué.*

Je men revas donc.

LA CHATTE *se radoucissant.*

Nenni.

LE MATOU *affectant de s'éloigner.*

Je m'en revas donc.

LA CHATTE *d'un air honteux.*

Plus haut.

Montez là-haut. Montez là-haut.

ENSEMBLE *courant sur l'escalier.*

Montons là-haut, Montons là-haut.

Les deux Amans arrivent bien-tôt dans la goutiere ; & la scene finit par des clameurs amoureuses, entremêlées de ces expressions naïves employées dans nos anciens Romans,

& que la délicatesse du siecle a bani des ouvrages.

J'ai l'honneur d'être, &c.

Esope entendoit le Langage des Corbeaux & des Geais. *Plutarque livre du Banq. des sept Sages.*

QUATRIE'ME LETTRE.

ALEXANDRE, & les Cesars [1] ont vû les Villes s'empresser de porter leurs noms ; les Chattes jouissent de la même gloire.

[1] Alexandrie d'Egypte bâtie par Alexandre lorsqu'il revenoit de consulter l'Oracle de Jupiter Ammon, qui lui promit l'Empire de l'Univers en la premiere année de la cent douziéme olimpiade ; cette ville étoit situeé près du Port de Pharos entre la Mer & un bras du Nil; les rues étoient disposées si heureusement, qu'au plus grand chaud de l'Eté les vents du Nord soufloient dans toute la ville. Les Ptolomées Rois d'Egypte la choisirent pour leur Capitale ; elle s'étoit si considerablement accrûe, que du temps de Diodore de Sicile elle étoit estimée la plus grande Ville du monde. *Diod. l. 17. p. 631.*

Cette Ville a bien changé de Climats, quoique restée au même lieu. Selon Quintilien & Ammien Marcellin, les delices d'Alexandrie étoient passez en proverbe ; aujourd'hui c'est un séjour dangereux, la peste y regnant presque sans cesse. *Daper descrip. de l'Afriq. Thevenot l. 1. c. 2.*

Il y a eu plusieurs autres villes bâties sous le nom d'Alexandre, une sur le bord du Tanaïs, Fleuve de la Sarmatie Européenne, une sur le Caucase dans la Trace, &c. *Quint. Curt. l. 7. Plutarch. in Alexand. Mag. Plin. l. 6. Ptolomée. Strabon.*

Cesarée, ville de la Palestine, rebâtie par Herode le Grand qui la consacra à Cesar-Auguste; elle fut honorée du nom de Colonie Romaine, pour avoir secouru les Troupes de Vespasien contre les Juifs; on l'appella alors Flavie-Auguste-Cesarie, Capitale de la Province

Près de Paphos qui, ſans égard pour la Poëſie, a changé ſon nom en celui de *Baſa*, eſt un Cap celebre à la pointe de l'Iſle de Chypre; on l'appelle *le Cap des Chattes*, & c'eſt avec juſtice que leur mémoire y eſt extrêmement honorée. On y voit les ruines d'un Monaſtere dont les Religieux entretenoient autrefois quantité de Chats pour faire la guerre aux Serpens qui deſoloient la contrée; [1] & ces animaux étoient ſi bien diſciplinez, qu'au ſon d'une certaine cloche ils ſe rendoient tous à l'Abbaye aux heures du repas, & retournoient enſuite dans les campagnes où ils continuoient leur chaſſe avec un zele & une adreſſe admirable. Dans la conquête que les Turcs

de Sirie Paleſtine. *Joſeph l. 4. c. 9. l. 15. c. 13. & l. 13. c. 13. Euſebe l. 5. c. 22.*

Ceſarée, ville de Cappadoce, ainſi appellée à l'honneur de Tybere; Julien l'Apoſtat en 362, lui ôta ce nom & lui rendit celui de Maſaca qu'elle avoit porté precedemment; l'opinion commune eſt qu'elle eſt aujourd'hui appellée *Caiſar*, ou *Tiſaria. Strab. l. 12. Etienne de Byſance & autres, &c.*

Ceſarée de Philippe, ainſi nommée parceque Philippe fils d'Herode la fit rebâtir à l'honneur de Ceſar Caligula; on croit qu'elle eſt appellée aujourd'hui *Beline*, ou *Bolbec*; elle étoit au pied du Mont Liban. *Guil. de Tyr. l. 19. Bellon l. 2.*

[1] Debreves. Voyages du Levant.

ont fait de cette Isle, ils ont été détruits avec le Monastere : [1] les changemens de domination entraînent toujours de grands desastres.

L'Orient n'est semé que de la renommée des Chats ; ils sont traitez à Constantinople avec les mêmes égards que les enfans d'une maison. On ne voit que des fondations faites par les gens de la plus haute consideration, pour l'entretien des Chats qui veulent vivre dans l'indépendance. Il est des maisons ouvertes où ils sont reçûs avec politesse, on leur y fait une chére délicate, ils peuvent y passer les nuits ; & si ces habitations se trouvent situées à quelque aspect qui ne convienne pas à la santé

[1] Villamont dans la relation de ses voyages, rapporte toutes les circonstances du Cap Dellegatte ; mais d'une façon plus détaillée encore. *Les Serpens de cette Isle*, dit-il, *sont de couleur blanche & noire, & ont pour le moins sept pieds de longueur, & gros comme la jambe d'un homme ; de maniere que difficilement je pouvois croire qu'un Chat fût victorieux d'une si grande bête, & qu'ils eussent l'industrie d'aller à la chasse après eux, & de ne s'en retourner jusqu'à ce que la cloche eût sonné midi, & que si-tôt qu'ils avoient dîné ils continuassent leur chasse jusqu'au soir, sinon qu'un Religieux me jura l'avoir vû, ce qui m'a été confirmé par plusieurs personnes qui l'ont vû de même.*

de quelques-uns d'eux, ils peuvent choisir un autre azile, y ayant un grand nombre de ces établissemens dans presque toutes les villes. [1] Le plus ancien titre qu'ayent

[1] Voyage du Levant par M. de Tournefort, de l'Academie des Sciences.

Les Chats du Levant, dit-il, *dans cette même relation, ne sont pas plus beaux que les nôtres, & ces beaux Chats, couleurs d'ardoise, y sont fort rares. On les y porte de l'Isle de Malthe*; avouer que ces Chats ne sont pas beaux & qu'ils plaisent infiniment, c'est les louer beaucoup, c'est leur accorder ce qu'on appelle le *je ne sçai quoi.*

Corneille le Brun dans son voyage du Levant rapporte aussi tout le détail des bons traitemens qui y sont faits aux Chats. Il n'en fait mention qu'à regret, ainsi il ne peut être soupçoné de les avoir embellis. *Le Chat*, dit-il, *dont les bonnes qualitez, s'il en a quelques-unes, ne sont point à comparer à celles du Chien (qui est la plus fidelle de toutes les bêtes,) passe chez les Turcs pour un animal pur; aussi font-ils beaucoup de bien à ces animaux qui ont l'honneur d'être leurs domestiques; au lieu que les pauvres Chiens sont obligez de demeurer dans la rue. Ils les flatent*, c'est-à-dire, *les Chats; ils les carressent; ils les mettent en parade sur leurs Boutiques: comme c'est la coutume à Venise & ailleurs.* Corneille le Brun en condamnant le goût general d'une Nation voluptueuse, qui renfermée dans le sein des Familles, ne voulant s'y occuper que d'objets agréables, passe la vie avec les Chats; ce Voyageur, dis-je, établit une verité bien importante à la gloire de ces Chats qu'il dédaigne. Les plus grands éloges sont ceux qu'on arrache à ses ennemis. On voit que cet homme qui s'est attiré de l'estime, à quelques autres égards, ne s'est pas du moins formé le goût dans ses voyages; il part avec la haine des Chats, il revient avec ce préjugé injuste.

Rarement à courir le monde
On devient plus homme de bien.

les Chats chez les Turcs, eſt une tradition qui eſt liée à l'hiſtoire de Mahomet ; c'eſt aſſurément le plus bel endroit de ſa vie. *Il cheriſſoit ſi fort ſon Chat, qu'étant un jour conſulté ſur quelque point de Religion, il aima mieux couper le parement de ſa manche ſur lequel cet animal repoſoit, que de l'éveiller en ſe levant pour aller parler à la perſonne qui l'attendoit.* [1]

Ce n'eſt que dans le ſeiziéme ſiecle que nous avons enfin poſſedé une race de ces Chats ſi cheris dans le Levant. J'ai recherché avec ſoin toutes les preuves de ſon établiſſement en France, & le détail des différentes branches qui s'y ſont répandues : mais pour mettre dans un plus beau jour l'hiſtoire de cette maiſon, j'en ai fait la généalogie ; je vous l'envoye, Madame ; marquez-moi, je vous prie, ſi la forme vous en paroît aſſez claire, & aſſez raiſonnée.

Revenons à cette grande paſſion que les Aſiatiques ont pour les Chats. On nous

[1] M. de Tournefort. *Id.*

GENEALOGIE HISTORIQUE
DE L'ILLUSTRE MAISON
DE BRINBELLE
ORIGINAIRE D'ASIE.

BRINBELLE premiere du nom, née à Constantinople dans la onze cens uniéme année de l'Hegire, [1] qui répond à l'année 1699 de notre Ere, avoit épousé en premiere nôce le Chat favori du Grand Seigneur. Ayant perdu cet Epoux, elle s'embarqua pour passer en France, & accoucha dans le Vaisseau de deux Chattes Posthumes. Elle épousa à Paris en secondes nôces le premier May 1700 MARMOTIN; & en troisiémes nôces le 10 Août 1704 le fameux RATILLON D'AUSTRAZIE.

La conduite heroïque qu'elle garda après les révolutions qui arriverent dans le sexe de son troisiéme Epoux, la rendra celebre tant qu'il y aura des Chattes dans le monde. Cet évenement est traité avec un grand détail dans la Lettre suivante.

Premier Lit.

BRINBELLE deuxiéme du nom.

MANON PREMIERE.

Ayant été envoyée à la campagne sans son aveu, elle devint farouche de dépit, & ne daigna plus commercer avec les hommes. Elle reparut cependant au bout de quelque temps avec le même caractere de douceur qu'on lui avoit connu. Elle apporta deux jeunes Chatons ses enfans dont on ignore le pere; & voyant qu'ils étoient accueillis, contente d'avoir pourvû à leur établissement, elle retourna dans sa solitude champêtre. Ces beaux Chatons ont été nommez les deux ARREOPAGITES à cause de leur maintien grave & de leur conduite mesurée.

ARREOPAGITE l'aîné. ARREOPAGITE cadet.

Leur caractere est très-aimable, quoiqu'assez froid dans l'abord. Ils ne sont à leur aise qu'avec leurs vrais amis; mais alors ils ont les manieres du monde les plus engageantes.

Deuxiéme Lit.

LE GRAND ROUROUX.

Troisiéme Lit.

LE GRAND BLANBLANC.

L'un ni l'autre n'ont point eu de posterité par la perfidie d'un traître Chaudronier.

REMARQUES.

On a cru devoir disposer cette Généalogie à l'imitation de celles de ces Peuples de l'Inde, qui comptent les filiations par les filles, attendu que les descendances sont plus exactes, & que d'ailleurs c'est une Chatte qui est en France la source de cette admirable race de Chats Asiatiques.

[1] L'Hegire époque de la fuite de Mahomet lorsqu'il alla se refugier à Medine, alors nommée Yatreb, ville au Nord de Hagiaz, & distante de la Mecque de deux cens soixante & dix mille. Cette fuite est l'Ere des Mahometans; elle commença le 16 Juillet 622 de notre Ere sous le regne de l'Empereur Heraclius; ce fut Omar troisiéme Empereur des Sarazins qui fit la premiere Loi de datter de cette Epoque. Le jour que Mahomet quitta la Mecque fut le premier du premier Rabia; mais il n'arriva à Medine que le 12 de ce mois qui répond à notre 24 Septembre. L'Hegire cependant a été censée avoir commencé deux mois plûtôt; sçavoir du premier de Moharram, parceque celui-ci étant le premier mois de l'année Arabe, Omar n'y voulut rien changer, se contentant d'anticiper cinquante-neuf jours, afin que le commencement de l'Ere vulgaire s'accordât avec celui de la nouvelle. Avant cette periode de l'Hegire, les Arabes comptoient ordinairement depuis la plus recente ou la plus longue guerre qu'ils avoient eu. *Prideaux, Vie de Mahomet. Le Pere Petau.*

La ville de Medine en perdant le nom d'Yatreb, fut d'abord appellée Medinatol-nabi, c'est-à-dire la ville du Prophete, & depuis par abbréviation, Medine.

objectera peut-être qu'elle n'est que l'effet de la superstition. L'exemple de Mahomet, dira-t-on, en est le seul mobile; mais pour prouver l'illusion de ce raisonnement, nous n'aurions recours qu'à l'histoire.

Mahomet, parmi tous ses sectateurs, s'étant pris de la confiance la plus intime pour Abdorraham, voulut l'illustrer, en lui donnant un surnom éclatant. L'usage étoit chez les Arabes d'être appellé le pere de quelque chose qui eût relation à vos mœurs ou à vos talens; c'est de-là que Chalid hôte de Mahomet, pendant son voyage de Medine, s'étoit acquis par son extrême patience le nom d'*Abujob*, c'est-à-dire, *Pere de Job.* Mahomet, entre les qualitez les plus estimées dans Abdorraham, jugea ne pouvoir puiser un surnom plus honorable que dans l'attachement qu'il avoit pour un Chat qu'il portoit toujours entre ses bras; il le surnomma donc par excellence *Abuhareira*, c'est-à-dire, *le Pere du Chat.* [1]

[1] Prideaux, Vie de Mahomet, *pag.* 227. & 228. Il rapporte pour autorité Elmacin & Bochart.

Mahomet alors, dans les premiers progrez de sa séduction, pesoit toutes ses démarches ; il étoit trop politique pour appeller un de ses Disciples auquel il vouloit donner de l'autorité, *le Pere du Chat*, si les Chats n'avoient point été en grande consideration chez les Arabes. L'effet que les noms propres produisent dans notre imagination, ne nous donne-t-il pas lieu de croire que dans toutes les Nations il y a toujours eu une idée d'élevation ou d'avilissement attachée à ces mêmes noms propres? [1] C'auroit été sans doute un grand travers à la Mecque & à Medine de s'appeller *le Pere des Cochons*, depuis que ces animaux avoient été proscrits par l'Alcoran. [2]

[1] Socrate regardoit comme le premier effet de la prudence d'un pere de donner de beaux noms à ses enfans.

Montagne a dit à ce sujet: *Un Gentil-homme mien voisin estimant les commoditez du vieux temps, n'oublioit pas de mettre en compte la fierté & la magnificence des noms de la Noblesse de ce temps-là, Dom Grumedan, Quadragan, Argesilan, & qu'à les ouir seulement sonner, il se sentoit qu'ils avoient été bien autres gens que Pierre, Guilot & Michel.* pag. 472. l. 1.

[2] C'est dans le chapitre de la Table que Mahomet déclare les Cochons, des animaux impurs.

Il

Il eſt échappé aux recherches de ces différens voyageurs une tradition Orientale ſur l'origine des Chats, qui me paroît plus impoſante qu'aucune de celles qui viennent d'être rapportées, étant vrai-ſemblable en quelques circonſtances ; je la tiens du Mulla [1], qui accompagnoit en France le dernier Ambaſſadeur de la Porte. Voici cette tradition.

Les premiers jours que les animaux furent renfermez dans l'Arche, étonnez des mouvemens de la Barque & du nouveau ſéjour qu'ils habitoient, ils reſterent chacun dans leur ménage, ſans trop s'informer de ce qui ſe paſſoit chez les animaux leurs voiſins. Le Singe fut le premier qui s'ennuya de cette vie ſedentaire ; il alla faire quelques agaceries à une jeune Lionne qui étoit dans ſon voiſinage : cet exemple prit univerſellement, & répandit dans l'Arche un eſprit de coquetterie qui dura pendant tout le ſéjour qu'on y fit, & que quelques animaux ont encore gardé ſur la terre. Il ſe fit

[1] C'eſt un Miniſtre de la Religion.

dans différentes especes un nombre étonnant d'infidélitez, qui donnerent naissance à des animaux inconnus jusqu'alors. [1] *Ce fut des amours du Singe & de la Lionne que nacquirent un Chat & une Chatte, qui par une distinction bien marquée des autres animaux, nez comme eux des galanteries qui se passerent dans l'Arche, acquirent en naissant la faculté de multiplier leur espece.*

Toutes les nations de l'Asie ne sont remplies que de traditions à la gloire des Chats; chez les Indiens même, où les Brachmanes ces premiers Philosophes conservent depuis si long-temps une haute réputation, on voit dans leurs ouvrages de Philosophie les Chats & les Brachmanes souvent mis en parallele. J'ai découvert à cet égard un fragment de l'histoire des Dieux de l'Inde bien autentique; c'est dans une relation manuscrite qui est entre les mains d'une personne connue par beaucoup d'esprit, & par une profonde érudition. [2]

[1] Les Mulets, les Jumarts & autres.

[2] M. Freret de l'Academie des belles Lettres.

FRAGMENT DE L'HISTOIRE DES DIEUX DE L'INDE.

LE CHAT, LE BRACHMANE, ET LE PENITENT.

UN Roy des Indes nommé *Salangam*, avoit à sa Cour un Brachmane [1] & un Pénitent [2] celebres l'un & l'autre, par l'excellence de leur vertu ; il en

[1] Les Brachmanes tiennent le premier rang dans l'Inde, ils sont dépositaires de la Philosophie & de la Religion.

[2] Les Pénitens sont dans la Mytologie des Indiens ce qu'étoient les Heros à l'égard des Dieux des Grecs ; ces Pénitens, quoique mortels, disputent quelquefois de puissance avec ces Dieux. Voyez les Lettres du Pere du Haid. Delon l'Histoire des Bramines & autres.

résultoit entr'eux une rivalité & une dissention qui causoit souvent des évenemens merveilleux.

Un jour que ces illustres Athletes disputoient devant le Roy sur le degré de vertu que l'un prétendoit avoir sur l'autre, le Brachmane outré de voir le Pénitent partager avec lui l'estime de la Cour, déclara hautement que sa vertu étoit si recommandable auprès du Dieu Parabaravarastou, qui est dans l'Inde le Roy des Divinitez du premier ordre, qu'à l'instant même il pouvoit à son gré se transporter dans l'un des sept Cieux où les Indiens aspirent. Le Pénitent prit au mot le Brachmane; & le Roy qu'ils avoient choisi pour juge de leur différend, lui prescrivit d'aller dans le Ciel de Dévendiren [1], & d'en rapporter une fleur de l'arbre appellé *Parisadam*, dont la seule odeur communique l'immortalité. Le Brachmane salua profondément le Roy, prit son essort, & disparut comme un éclair:

[1] Les Indiens imaginent plusieurs Cieux où l'on jouit de differens degrez de volupté, selon les vertus qu'on a pratiqué dans ce monde.

la Cour resta étonnée ; mais on ne doutoit pas cependant que le Brachmane ne perdît la gageure. Le Ciel de Dévendiren n'avoit jamais été accessible aux mortels. Il est le sejour de quarante-huit millions de Déesses qui ont pour maris cent vingt quatre millions de Dieux, dont Dévendiren est le Souverain ; & la fleur *Parisadam* dont il est extrêmement jaloux, fait le principal délice de son Ciel.

Le Pénitent avoit grand soin de faire valoir toutes ces difficultez, & s'applaudissoit déja de la honte prochaine de son rival. Lorsque tout-à-coup le Brachmane reparut avec la fleur celeste qu'il n'avoit pû cueillir que dans les Jardins du Dieu Dévendiren ; le Roy & toute la Cour tomberent d'admiration à ses genoux, & on exalta sa vertu au degré suprême. Le Pénitent seul se refusa à cet hommage. Roy, dit-il, & vous Cour trop facile a séduire, vous regardez l'accès du Brachmane dans le Ciel de Dévendiren comme une grande merveille ! Ce n'est que l'ouvrage d'une vertu commune ; ſçachez que j'y envoye mon Chat, quand bon me ſemble, & que Dévendiren le reçoit avec toutes ſortes d'amitiez & de diſtinctions. Il dit ; & ſans attendre de replique, il fit paroître ſon Chat qui s'appelloit *Patripatan*. Il lui dit un mot à l'oreille, & voilà le Chat qui s'élance, & qui, à la vûe de cette Cour extaſiée, va ſe perdre dans les nues ; il perce dans le Ciel de Dévendiren, qui le prend entre ſes bras, & lui fait mille careſſes.

Juſques-là le projet du Pénitent alloit à merveilles ; mais la Déeſſe favorite de Dévendiren, fut frappée comme d'un coup de foudre, d'un goût ſi emporté pour l'aimable *Patripatan*, qu'elle voulut abſolument le garder.

Dévendiren à qui le Chat avoit d'abord expliqué le ſujet de ſon ambaſſade, s'y oppoſa. Il repreſenta que *Patripatan* étoit attendu avec impatience à la Cour du Roy Salamgam ; qu'il y alloit de la réputation d'un Pénitent ; que le plus grand affront qu'on pût faire à quelqu'un, étoit de lui dérober ſon Chat. La Déeſſe ne voulut rien entendre ; tout ce que Dévendiren put obtenir, fut qu'elle le garderoit ſeulement deux ou trois ſiecles, après leſquels elle le renvoyeroit fidélement à cette Cour qui l'attendoit. Salamgam s'impatientoit cependant de ce que le Chat ne revenoit point ; le Pénitent ſeul avoit un front aſſuré : enfin ils attendirent les trois ſiecles entiers, ſans autre inconvenient que l'impatience ; car le Pénitent, par le pouvoir de ſa vertu, empêcha que perſonne ne vieillît. Ce temps écoulé, on vit tout-à-coup le Ciel s'embellir, & d'un nuage de mille couleurs ſortir un trône formé de différentes fleurs du Ciel de Dévendiren. Le Chat étoit majeſtueuſement placé ſur ce trône ; & étant arrivé auprès du Roy, il lui preſenta avec ſa pate charmante une branche entiere de l'arbre qui porte la fleur de *Pariſadam*. Toute la Cour cria victoire : le Pénitent fut felicité univerſellement ; mais le Brachmane oſa à ſon tour lui diſputer ce triomphe. Il repreſenta que la vertu du Pénitent n'avoit pas operé ſeule ce grand ſuccès ; qu'on ſçavoit le goût déterminé que Dévendiren & ſa Déeſſe favorite avoient pour les Chats, & que ſans doute *Patripatan* dans cette merveilleuſe avanture avoit au moins la moitié de la gloire. Le Roy frappé de cette judicieuſe réflexion, n'oſa décider entre le Pénitent & le Brachmane ; mais tous les ſuffrages ſe réunirent d'admiration pour *Patripatan*, & depuis cet évenement ce Chat illuſtre fit les délices de cette Cour, & ſoupa chaque ſoirée ſur l'épaule du Monarque. Vous le croyez bien, Madame. J'ai l'honneur d'être, &c.

CINQUIE'ME LETTRE.

ON ſoupçonne les Chats, Madame, d'avoir un penchant à nuire ; que c'eſt peu les connoître ! Il ne faut qu'un coup de crayon pour faire leur apologie ; ce trait qui prouvera leur douceur & leur facilité, eſt bien à la honte des hommes : mais il s'agit de juſtifier l'innocence ; nous ne pourrions rien diſſimuler. Faiſons-nous un effort, Madame. Conſiderons attentivement les Chats dans l'inſtant de l'attentat qu'on oſe faire ſur leur perſonne, par le miniſtere barbare des Chaudronniers ; déja la perfidie eſt conſommée : Un Chat ſéduit par les careſſes d'un homme dont il a bien voulu ſe faire un maître, s'eſt livré entre les mains d'un ennemi. Il s'en échappe enfin ; il eſt outragé ; il a toujours cette griffe dont on a tant exageré les atteintes ; cependant un genereux mépris devient ſa ſeule vengeance. Il ſe contente de fuir ces hommes qui l'ont ſi inhumainement trahi ; mais bien-tôt gagné par ce malheureux penchant avec lequel il eſt né pour eux, il revient, & leur découvre pour tout reproche, cette taciturnité & cette langueur dans laquelle il paſſe le reſte de ſa vie.

Un Sonnet en bouts rimez remplis par Monſieur de Benſerade, eſt un tableau admirable de la noble affliction des Chats, lorſqu'ils ont éprouvé les horreurs de la mutilation : Le Chat de Madame Deshouillieres eſt le heros de cette tragique avanture.

SONNET.

Je ne dis mot & je fais bonne . . . *mine*
Et mauvais jeu depuis le triſte . . . . *jour*
Qu'on me rendit inhabile à l' . . . *amour*
Des Chats galans, moi la fleur la plus . *fine ;*
Ainſi ſe plaint Moricaut & . . . . *rumine*
Contre la main qui lui fit un tel . . . *tour ;*
Il eſt glaciere, au lieu qu'il étoit . . . *four ;*
Il s'occupoit, maintenant il . . . . *badine.*
C'étoit un brave & ce n'eſt plus qu'un . . *ſot,*
Dans la goutiere il tourne au tour du . *pot,*

Et de bon cœur ſon Serrail en . . . *enrage ;*
Pour les plaiſirs il avoit un . . . . *talent.*
Que l'on lui change au plus beau de ſon . *âge :*
Le triſte état qu'un état . . . . . *indolent !*

Qu'on ne nous diſe point que les Chats ne connoiſſent pas le prix de cet attribut que nous croyons (tyrans que nous ſommes) avoir le droit de leur ravir. Il n'appartient qu'aux hommes de ſoutenir, ſans rougir, de pareils affrons. Jadis un Prêtre de Cybelle [1], qui dans ſon délire s'étoit, pour ainſi dire, deſuni de ſoi-même, reparoiſſoit dans la ſocieté avec plus de confiance & de conſideration. Aujourd'hui un enfant de tribut s'enorgueillit de la miſere qui va lui ouvrir l'intérieur du Palais de ſon Sultan ; on le felicite de ce honteux acheminement à la faveur de ſon maître. Un Chat mutilé

[1] Cybelle chez les Grecs & chez les Romains eut des Prêtres qui ſe conſacroient à ſes myſteres en renonçant à leur Sexe ; on les appelloit *Galles*. Le jour de leur Initiation, dès que le ſon des flutes commençoit à ſe faire entendre, pluſieurs des Aſſiſtans ſe ſentoient ſaiſis de fureur ; alors le jeune homme qui devoit être initié jettoit ſes habits, & faiſant de grands cris tiroit un glaive & achevoit lui-même le deshonneur de ſa perſonne ; ſacrifice qui lui attiroit de grands éloges. Il étoit conduit en triomphe par toute la ville, portant entre ſes mains les marques de ſa mutilation. *Faſtes d'Ovide. Lucien. Plutarque.*

non-ſeulement ſent tout le poids de ſon indigence, mais elle devient aux yeux des autres Chats un vice, qui les diſpenſe de tous devoirs à ſon égard ; ils lui font cent avanies ; ils l'accablent d'outrages. L'erreur vulgaire eſt que ce ſont les Chattes qui ſe chargent de remplir cette haine ; mais cette fauſſe perſuaſion n'eſt qu'un effet de l'ignorance où l'on voit le commun des hommes de ce qui ſe paſſe dans le ſein des goutieres. Si on avoit eu le ſoin de faire des memoires de la vie de cette celebre Chatte de l'Hôtel de Guiſe, dont la généalogie eſt rapportée dans la Lettre précedente, il ne faudroit point d'autres preuves pour établir que ce ſont les Chats ſeuls qui oſent inſulter au malheur de leurs confreres mutilez ; on feroit connoître en même temps de quelle fidélité en amour & de quelle délicateſſe une Chatte peut être capable.

L'aimable Brinbelle, ainſi que nous l'avons déja expoſé, avoit épouſé en troiſiémes nôces Ratillon d'Auſtraſie ; jamais époux n'ont reſſenti l'un pour l'autre un penchant ſi vif & ſi durable ; ſe voir & s'aimer ne fut mutuellement pour eux que ce qu'on appelle l'ouvrage d'un moment, & cette façon de s'unir a bien des charmes.

Un amour qui doit un jour naître
Ne ſçauroit trop tôt ſe former ;
Commencer tous deux par s'aimer,
Eſt un moyen ſi doux de ſe connoître.

Nos Chats s'aimerent donc dès la premiere entrevûe, & ne ſe connurent que pour s'en aimer davantage. Il n'y avoit point de toît ſolitaire où ils n'allaſſent ſe donner des témoignages d'une union ſi digne d'envie, & miauler (ſi j'oſe dérober ce tour agréable à M. de Voiture[1]) miauler leurs mutuelles amours. Un voiſin de mœurs aſſez ſauvages, pour ne pas trouver bon que la converſation de nos amans interrompît ſon ſommeil, attira par de feintes careſſes le jeune Matou, & lui tendit des piéges qu'un Matou de ſang froid auroit apperçû ; mais celui-ci s'y laiſſa prendre.

Amour amour quand tu nous tiens
On peut bien dire adieu prudence. [2]

[1] . . . . . Mon ame dolente
Toutes les nuits eſt pour vous miaulante.

[2] M. de la Fontaine, le Lion amoureux. *Fable à Mademoiſelle de Sevigné.*

Il tomba donc dans les mains de ſon ennemi, qui dans ſa fureur en fit un nouvel Atys. Repreſentez-vous la douleur de la Minette Amante, quand elle découvrit ce myſtere d'inhumanité. Ne vous imaginez pas que notre Heloïſe moderne allât comme l'épouſe d'Abaïlard, regrettant le bien être que ſon époux ne pouvoit plus lui procurer.

Le cœur fait tout, le reſte eſt inutile.

M. de la Fontaine ſemble l'avoir dit exprès pour la gloire de notre Chatte : En vain une foule de Minons aimables & entreprenans lui offrirent des ſoins qu'ils regardoient comme la plus ſûre conſolation qu'elle put recevoir.

Rien ne put ébranler ſa fidelité. Heloïſe conſentit à ſe renfermer dans un Cloître dont l'auſterité ne lui laiſſa pas les occaſions de manquer de foi à ſon Abaïlard. Notre Chatte plus ſûre d'elle-même & plus attachée à ſon Amant, ne ſe força point à être vertueuſe; elle ſe conſerva ſa liberté toute entiere, & ne l'employa qu'à reſter fidelle. Elle ne perdit pas de vûe un moment ce Chat ſi cheri; & comme les animaux de son espece, très-délicats sur la perfection de leurs semblables, traitent outrageusement ceux qui comme lui sont, pour ainsi dire, séparez de leur être ; elle prit sa défense avec intrépidité ; on la vit cent fois déployer ses griffes contre les persecuteurs de ce Chat adoré, entre les pattes duquel elle passa délicieusement le reste de sa vie. [1]

Avouez, Madame, que depuis qu'il y a des Amans, on trouve peu de modéles d'une passion aussi pure, & d'un aussi bon exemple. Nous entendons dire bien souvent que les sujets de Tragédie sont épuisez. Que n'a-t-on recours à des évenemens aussi imposans que celui-ci, & qui se sont passez sous nos yeux ? Quel poëme dramatique ne formeroit-on pas des amours genereux que nous venons de dépeindre ? Si par crainte de la singularité on n'osoit mettre nos

[1] L'attachement de Psiché pour son amant, n'étoit pas si desintereſſé que celui de notre Chatte pour le sien; tous ses regrets ne tombent pas sur le cœur de cet amant lorsqu'elle dit :

Encor si j'ignorois la moitié de tes charmes!
Mais je les ai tous vû, j'ai vû toutes les armes
Qui te rendent vainqueur. *1. La Fontaine, amour de Psiché.*

Heros en ſcene ſous leur forme naturelle, (ce qui feroit, ſelon moi, cependant un effet admirable) il ſeroit ſi ſimple de les produire ſous des noms grecs. N'avons-nous pas, dans les temps de la décadence de l'Empire d'Orient, un aſſez grand nombre de perſonnages connus qui ont éprouvé les malheurs du Chat de l'Hôtel de Guiſe? Cette circonſtance qui pourroit former le nœud de la piéce, ſe trouveroit ainſi liée à l'hiſtoire; mais je reviens toujours à croire que le tableau ſeroit bien plus intereſſant à repreſenter le ſujet dans ſa premiere ſimplicité : on eſt ſi accoutumé à ne voir que des hommes ſur la ſcene, ce ſeroit au théâtre une nouveauté piquante, & qui entraîneroit ſans doute un grand ſuccès.

Nous parlions de la fidélité des Chattes. Quelle preuve plus glorieuſe pour elles que cette ſimpatie que tant de Naturaliſtes ont reconnu qu'elles avoient pour leurs époux? Quand il meurt, pendant qu'elles ſont pleines, pour nous ſervir du terme vulgaire, ſoit qu'elles apprennent cette perte ou non, il ſe se passe en elles une révolution qui les fait aussi-tôt avorter.

Et ces grands cris que les Chattes font la nuit dans la partie supérieure des Villes, le vulgaire les regarde comme des clameurs purement machinales. Les Anciens sont partagez à cet égard. L'un a prétendu que c'est l'effet des griffes du Matou, qui par excès de zele les embrasse trop vivement; [1] l'autre[2] en imagine encore une autre cause galante dont on ne conçoit pas bien comment on peut s'instruire. Il fait de la Chatte une Semelé, & du Matou un Jupiter; mais la vraye origine de ces cris est l'ouvrage de la prudence d'une Chatte qui avoit une grande passion dans le cœur.

Voici donc l'opinion la plus communément reçûe au sujet des exclamations des Chattes; celle que je viens de citer étoit en rendez-vous avec un Chat qu'elle ai-

[1] Pline entre dans des détails très-curieux sur la conduite des Chats dans leurs amours; *Feles*, dit-il, *mare stante fœmina subjacente coëunt.*

[2] *Ex Felibus mas est libidinosissimus, fœmina verò prolis amantissima, quæ ideò maris coïtum refugit, quod is calidissimum ignique simile semen emittat, ita & fœminæ genitales partes comburat, &c.* Elian. lib. 6. cap. 27.

moit éperduement. Ceux qui ſuivent l'ancienne Philoſophie, prétendent que c'étoit le moment précis où ſon amant triomphoit de ſa foibleſſe. Il eſt vrai que ce ſentiment eſt fondé ſur l'opinion d'Ariſtote, [1] qui ſoutient *que les Chattes ayant beaucoup plus de temperament que les Chats, bien-loin d'avoir la force de leur tenir rigueur un moment, elles leur font d'éternelles agaceries, ſans ménagement, ſans pudeur, au point même qu'elles en viennent à la violence, ſi le Matou paroît manquer de zele.*

Quoiqu'il en ſoit, une Souris parut, & voilà notre galant qui part, & qui ſe met à ſa pourſuite. La Chatte piquée, comme vous le jugez bien, imagina un expedient pour ne plus éprouver un pareil affront; c'étoit de jetter de temps-en-temps de grands cris chaque fois qu'elle étoit en tête à tête avec ſon amant. Ces cris ne manquerent jamais d'aller au loin effrayer

[1] *Feles, &c. Sunt porrò fœminæ ipſæ naturâ libidinoſæ & ſalaces; itaque mares ad coïtum ipſæ alliciunt, invitant, cogunt, puniunt, etiam niſi pareant.* De Mirabilib. tom. I. p. 1166.

la gent ſouris qui n'oſa plus venir troubler leur rendez-vous. Cette précaution parut ſi ſage & ſi tendre à toutes les autres Chattes, que depuis cet évenement, dès qu'elles ſont avec leur Matou favori, elles affectent de répandre ces clameurs; épouventail certain de l'eſpece ſouriquoiſe. Mon Dieu, que les femmes ſeroient heureuſes, s'il ne falloit que cet expedient, pour empêcher que leurs amans n'euſſent des diſtractions avec elles. J'ai l'honneur d'être, &c.

SIXIE'ME LETTRE.

A Examiner les axiomes de morale, on découvre que ceux qui ont une forme proverbiale, sont le plus generalement établis dans les esprits; [1] mais ce qui est

[1] Quelles peuvent être les sources de l'ascendant que les Proverbes ont sur les esprits?

Nous recevons nos idées ou par le secours des sens, ou par la reflexion; celles que nous tenons de la sensation, comme le froid & le chaud, sont à la portée de tous les esprits; mais les idées que nous devons à la reflexion, étant elles-mêmes un assemblage d'idées, telle que l'idée de ce qu'on appelle *douter*, *appercevoir*, *connoître*; celles de cette espece, dis-je, ne frappent & n'interessent que ceux qui sont accoutumez à faire usage de leur esprit. Pytagore veut établir combien il est dangèreux de renouveller des troubles assoupis, & d'attaquer le repos de ceux qui peuvent se venger. Il ne faut point, dit-il, attirer le feu avec l'épée. Afranius a-t-il à dépeindre la prudence? il s'explique ainsi: JE SUIS FILLE DE L'USAGE QUI M'ENGENDRA DANS LA MEMOIRE MA MERE. *Amiot dans sa Preface de Plutarque traduit cette définition par ces deux vers:*

Prudence suis, Usage est le mien pere,
Qui m'engendra en Memoire ma mere.

Ces deux maximes tombent en pure perte pour la societé. Il faut être capable d'une certaine méditation pour appercevoir l'ensemble des idées qui les composent, pour en embrasser tout le sens; elles ne feront point

bien à la louange des Chats, eſt l'attention qu'on a eu de les choiſir pour former le corps de la plûpart de ces judicieuſes maximes.

Les Anciens ont fait des définitions de la prudence, bien dignes d'être long-temps accreditées dans les eſprits ; auſſi s'y ſont-elles maintenues en autorité juſqu'à temps que quelqu'un a dit par un effort d'imagination ineſperé, *Chat échaudé craint l'eau froide* ; on a admiré. Tout autre tableau a diſparu, & les Chats ſont reſtez en poſſeſſion d'être le ſymbole parfait de la prudence. Quelle gloire pour eux que ce ſoit dans leur conduite que les hommes ſoient réduits à puiſer les plus ſages exemples qu'ils puiſſent ſuivre ! mais auſſi quel ſpectacle comique pour ces mêmes Chats de nous voir retomber tous les jours dans les mêmes

d'impreſſion ſur le commun des hommes ; mais que Pytagore & Afranius euſſent expoſé leur définition revêtue de ces idées ſimples qui ſont à la portée de tous les eſprits ; que l'un eût dit : *Il ne faut point réveiller le Chat qui dort* ; & l'autre, *Chat échaudé craint l'eau froide.* Voilà deux maximes de morale peintes avec un caractere de ſimplicité également impoſant pour tous les eſprits.

piéges dont nous avons déja éprouvé le danger! Une Maitresse qui nous aura trahi cent fois, trouve encore dans notre foiblesse des ressources de confiance en elle, qui la mettent plus que jamais à portée de nous faire de nouvelles trahisons. Un Chat ne peut être dupé qu'une fois en sa vie; il est armé de défiance non-seulement contre ce qui l'a trompé, mais même contre tout ce qui lui fait naître l'idée de la tromperie. L'eau chaude l'aura outragé; ç'en est assez, il craindra même la froide, & n'aura jamais que très-peu de commerce avec elle.

N'en rougissons point; c'est dans les goutieres que nous ferions bien d'aller chercher de l'éducation; c'est-là que nous trouverions des exemples admirables d'activité, de modestie, [1] d'émulation noble, de

[1] Veut-on éviter les pieges de l'amour propre qui nous cache jusqu'à nos défauts personnels, on n'a qu'à méditer souvent ce proverbe : *Il ressemble à Chat brûlé, il vaut mieux qu'il ne se prise.*

Le plus grand exemple d'activité qu'on puisse se proposer, *C'est d'être debout avant que les Chats soient chaussez.*

Les Magistrats n'oublient jamais combien leur presence est nécessaire pour contenir la licence du peuple, lorsqu'ils ont appris que *les Rats se promenent à l'aise, là où il n'y a point de Chats.*

haine de la paresse. Lorsqu'Annibal, ne se permettant aucun repos, observoit sans cesse Scipion, afin de trouver l'occasion favorable de le vaincre, quel modele avoit-il devant les yeux? Il guettoit son ennemi, comme le Chat fait la Souris.

Il est vrai que dans le nombre des proverbes où les Chats font l'objet principal du tableau, il y en a qui semblent faits exprès pour les tourner en ridicule; [1] mais

Extrait des illustres proverbes nouveaux & historiques, expliquez par diverses questions curieuses & morales qui peuvent servir à toute sorte de personnes pour se divertir dans les compagnies. *Tom. 2. pag. 30. & 196. imp. en 1665.*

[1] J'appelle un Chat un Chat, & Rolet un Fripon. *Despreaux. Sat.* Il va vous jetter le Chat aux jambes, & autres.

Mais il faut remarquer que dans ces façons de parler, les Chats ne sont impliquez que d'une façon indirecte, au lieu que les autres animaux sont exposez souvent dans les proverbes, simplement & specialement. *On ne sçauroit être plus fripon qu'une Choüette, plus triste qu'un Hybou, plus cruel qu'un Tigre.* Est-on avare? *On l'est comme un Chien.* Quel est le plus mauvais souper du monde? *Un souper de Chien. C'est être un Chien, que de faire une noirceur à sa Maitresse.* Que fait-on quand on est la plus malheureuse personne du monde? *On enrage comme un Chien.* Ces furieux qui vont vomissant des injures contre le prochain, & qui ne portent point coup; *Ce sont des Chiens qui aboyent à la Lune.* Dans la lecture des Ouvrages qui déplaisent, comme celui-ci peut être; comment s'ennuye-t-on? *Comme un Chien.* Achille, furieux contre Agamemnon, dans l'Illiade, n'imagine point d'outrage plus sensible que de l'appeller *Visage de Chien.*

de quoi n'abuſe-t-on pas ? Et combien la vanité de dire un bon mot, a-t-elle entraîné d'injuſtes plaiſanteries ? Quand on veut peindre un amour effrené qui s'attache aux premiers objets qui ſe preſentent, on dit communément que c'eſt courir les goutieres ; on compromet ainſi la conduite des Chattes, ſans examiner ſi elles meritent une pareille application. Pour peu qu'on ait l'eſprit d'analyſe, ne conviendra-t-on pas que d'accuſer les Chattes parcequ'elles courent les goutieres, c'eſt comme ſi on vouloit donner un travers à une jolie femme, pour s'être promenée ſur une terraſſe de ſa maiſon. Il eſt donc certain que les Chattes ne s'écartent point de l'exacte bienſéance, quand elles parcourent à leur gré les toits & les cheminées. Il ne s'agit plus que d'examiner ce qui les y attire dans des momens que les hommes ont conſacré au repos : C'eſt l'amour, me dira-t-on, qui les réveille ? Sans doute. Mais c'eſt le plaiſir d'aimer, & non une imagination dereglée, comme on le ſuppoſe. C'eſt un Chat favori, un ſeul Chat qu'elles y cherchent ordinairement ; & d'ailleurs, quand quelqu'une d'elles y auroit eu de la foibleſſe pour quelques-uns de ces Matous à bonnes fortunes, auſquels on cede par vanité ; il y a eu telle autre Chatte, dont la conduite réſervée, peut bien être admiſe pour compenſation. Il ne faut que lire ce fameux Sonnet ſur la Chatte de Madame de Leſdiguieres.

SONNET.

Menine aux yeux dorez, au poil doux, gris & fin;
La charmante Menine, unique en ſon eſpece ;
Menine, les amours d'une illuſtre Ducheſſe,
Et dont plus d'un Mortel envioit le deſtin :
Menine qui jamais ne connut de Menin,
Et qui fut de ſon temps des Chattes la Lucreſſe ;
Chatte pour tout le monde, & pour les Chats Tygreſſe :
Au milieu de ſes jours en a trouvé la fin.
Que lui ſert maintenant, que dédaigneuſe & fiere,
Jamais d'aucun Matou, ſur aucune goutiére,
Elle n'ait écouté les amoureux regrets !
La Parque étend ſes droits ſur tout ce qui reſpire,
Et de ne rien aimer, tout le fruit qu'on retire,
C'eſt une triſte vie, & puis la mort après

De quelque maniere qu'on ait employé les Chats dans les façons communes de parler qui se sont établies, il en résulte toujours une conséquence avantageuse pour eux. Si on n'avoit pas été dans l'habitude de s'en occuper, il auroit été tout simple de choisir d'autres animaux, ou enfin d'autres figures pour être le corps de ces proverbes. Mais les Chats étoient estimez ; on ne pouvoit les ramener trop souvent aux sujets de conversation ; on les a liez aux maximes de morale. Eh ! que pourroit-on y substituer à leur place ? Veut-on représenter quelqu'un qui sçait se tirer avec adresse de toutes les situa-

On nomme communément *Rominagrobis* ces gros Chats qui ont fait succeder au badinage de leur enfance un maintien grave & mesuré. Cette dénomination sert encore à caracteriser les hommes qui affectent un dehors serieux & compassé.

Une des plus heureuses applications de cette façon de parler, se trouve dans une Comedie intitulée *Mellusine*. Comedie du nouveau Theâtre Italien, representée avec beaucoup de succès en 1718 ; elle est de M. Fuselier. Il s'agit de la difference de l'amour à l'Himen ; c'est Trivelin qui parle : *L'Amour*, dit-il, *est un petit Chaton, enjoué, carressant* ; mais l'Himen : *Oh ! oh ! c'est un Rominagrobis*.

Rominagrobis est un composé de *Raoul*, *d'Hermine*, *& de Grobis*, ce qui signifie proprement, *Un Chat qui fait le gros Monsieur sous sa robe d'Hermine*. Remarq. sur Rablais. liv. 3. chap. 21. page 115.

tions embarassantes ? il est si simple & si élegant de dire : *Il est du naturel des Chats, il tombe toujours sur ses jambes.*

Il faut avouer que cet attribut avec lequel ils sont nez, est bien admirable. L'Academie des Sciences n'a pas regardé comme une étude indifferente, le soin d'en expliquer la cause : Ayez le plaisir, Madame, de lire l'extrait que voici des Memoires de cette Academie. [1]

Les Chats quand ils tombent d'un lieu élevé, tombent ordinairement sur leurs pieds, quoiqu'ils les eussent d'abord en haut, & qu'ils dussent par conséquent tomber sur la tète ; il est bien sûr qu'ils ne pourroient pas eux-mêmes se renverser ainsi en l'air, où ils n'ont aucun point

[1] Si le poids d'un corps heterogene plongé dans l'eau est plus grand que celui d'un volume d'eau égal, & que son centre de gravité ait été mis en haut ; non-seulement ce corps doit s'enfoncer dans le liquide, mais il doit faire un demi tour en s'enfonçant, parcequ'il faut que son centre de gravité descende le plus bas qu'il est possible ; après quoi le corps continue de s'enfoncer, mais sans tournoyer davantage ; le tournoyement se fait sur un point qui n'est pas également éloigné des centres de gravité & de figure, parceque les deux forces qui y sont appliquées sont inégales.

De-là vient que les Chats, &c. *Extr. de la Diss. de M. Parent, Memoires de l'Academie des Sciences, année 1700. pag. 156.*

fixe pour s'appuyer ; mais la crainte dont ils sont saisis, leur fait courber l'épine du dos, de maniere que leurs entrailles sont poussées en haut. Ils allongent en même temps la tête & les jambes vers le lieu d'où ils sont tombez, comme pour le retrouver : Ce qui donne à ces parties une plus grande action de lévier ; ainsi leur centre de gravité vient à être different du centre de figure, & placé au-dessus. D'où il s'ensuit que ces animaux doivent faire un demi tour en l'air, & retourner leurs pattes en bas : Ce qui leur sauve presque toujours la vie. La plus fine connoissance de la mechanique, ne feroit pas mieux dans cette occasion, que ce que fait un sentiment de peur confus & aveugle.

Madame, il me semble que ceci n'est pas trop à la louange des Chats. Je ne m'en suis pas apperçu du premier coup d'œil ; je n'étois touché que du plaisir de connoître que l'Academie des Sciences s'est occupé d'eux. Les laisserons-nous ne se sauver que comme des imbecilles, à la faveur d'un sentiment confus & aveugle ? Mais c'est Monsieur de Fontenelle qui s'explique ainsi ; à qui nous en plaindre ? Ses ouvrages ont embraſſé tous les genres d'eſprit. Il a par-tout des admirateurs ; il eſt en droit d'avoir tort impunément avec nos Chats. Réduiſons-nous à répondre que ſi ce n'eſt que la peur qui les ſert ſi bien, la nature les a du moins traité avec une grande diſtinction, de leur faire trouver juſques dans leur foibleſſe des reſſources pour leur conſervation ; & qu'il ſeroit bien deſirable pour les hommes, que leur frayeur reſſemblât à celle des Chats.

J'ai l'honneur d'être, &c.

SEPTIE'ME LETTRE.

UN avantage bien marqué, Madame, que les Chats ont sur les autres animaux, est cette propreté qui leur est si naturelle. Plusieurs Sages de l'Antiquité [1] avoient reconnu avant nous la haine qu'ils ont pour les mauvaises odeurs, la pudeur avec laquelle ils se cachent dans les momens où ils cedent aux necessitez de la nature, & leur attention à dérober aux yeux les effets de cet assujettissement; [2] ce sçavoir vivre,

[1] *Quod autem ab omni tetro odore Feles abhorreant, eo excrementa sua fossâ prius facta in terra occultant.* Elian. lib. 7. cap. 40. *Excrementa sua effossa obruũt terra.* Plin. lib. XI. cap. 73.

[2] Dubelay a bien poëtiquement rendu le sentiment des Anciens sur la propreté des Chats; c'est dans l'épitaphe de son Chat qui s'appelloit *Béland.*

Béland la gentille bête,
Si de quelque acte moins qu'honnête
Contraint, possible il eût été,
Avoit bien cette honnêteté
De cacher dessous de la cendre
Ce qu'il étoit contraint de rendre.

(car cette façon de parler doit nous être permiſe,) n'eſt point comme dans les autres animaux le fruit d'une éducation formée par la violence & par les châtimens ; la propreté eſt dans les Chats un preſent de la nature. Eh ! quelles diſpoſitions heureuſes ne leur a-t-elle pas donné ? Un Chat par étourderie ou par humeur, (car dans quelle ſocieté ne ſe trouve-t-il pas quelque membre défectueux ;) un Chat, dis-je, commet une incivilité ou une injuſtice, il n'eſt pas beſoin d'employer les injures, ni les menaces pour lui en impoſer ; on ne fait que l'appeller par ſon nom : *Au Chat*, lui dit-on, ſimplement. A ce mot il revient à lui-même ; il ſent ſa turpitude ; il ne peut plus ſoutenir des regards qui ont éclairé ſes dereglemens. Il fuit ; il va dans la ſolitude des goutieres cacher ſa honte, & ſe livrer à ſes remords.

Il n'eſt donc pas étonnant de voir tant de perſonnes du premier merite ſentir tout le prix du commerce des Chats. Madame Deshoulieres n'a pû refuſer à ſa Muſe le plaiſir de les celebrer : Une grande Princesse * a immortalisé Marlamain son illustre Chat, par des vers dignes d'être gravez dans le Temple des Graces. Quels avantages ne tirerons-nous pas de cet ouvrage ? Relisons-le encore, je vous prie, Madame.

RONDEAU MAROTIQUE.

De mon Minon veux faire le tableau,
Besoin seroit d'un excellent pinceau,
Pour crayonner si grande gentillesse ;
Attraits si fins, si mignarde souplesse ;
Mais las ne suis que chetif Poëtereau,
Dirai pourtant qu'il n'est rien de si beau,
Que Cupidon tant joli Jouvenceau,
Pas n'a l'esprit ne la délicatesse
De mon Minon.

Que si Jupin se changeoit de nouveau,
Plus ne seroit Serpent, Signe, ou Taureau ;
Ains pour toucher quelque gente Maitresse,
Se dépouillant de sa divine espece,
Revêtiroit la figure & la peau,
De mon Minon.

ENVOY.

Gentil Minon, ma joye & mon soulas,
Pour celebrer dignement tes apas,

* Madame la Duchesse du Maine.

Voudrois

Voudrois pouvoir r'appeller à la vie
Cil qui chanta le Moineau de Lesbie ;
Ou bien cetui qui jadis composa
Carmes exquis pour la charmante Issa.
Mais las en vain des tenebreux rivages,
Evoquerois si fameux personages !
Il te faut donc aujourd'hui contenter,
De ce Rondeau qu'amour m'a sçu dicter.

Quels Heros n'envieroient aux Chats la gloire d'un pareil éloge ? Et quelle Muse ne s'honoreroit d'en avoir fait les vers ? [1]

[1] C'est dans une lettre que Madame Deshouillieres ne balance point à declarer à son mari, que malgré son absence, c'est son attachement pour Grisette, son admirable Chatte, qui l'occupe toute entiere. Voici les fragmens de cette lettre ; elle est en couplets de Chansons. Madame Deshouillieres a conté d'abord la perte qu'elle a faite d'un de ses chevaux.

Sur l'air, *La jeune Iris sans cesse me suit.*

Estre à pied n'est pas le seul chagrin
Qui fait ma mélancolie ;
Je dors à peu près comme un lutin,
Je m'allarme, je m'oublie ;
Et s'il faut vous l'avouer enfin,
J'aime jusqu'à la folie.

Sur l'air de la Gaillarde.

Revenez de l'étonnement,
Où vous a dû mettre ce compliment :
J'aime, il est vrai ; mais Dieu merci
Une Chatte fait mon souci.

Les Chats peuvent donc se vanter d'avoir eu pour chanter leurs personnages illustres, les esprits de notre siecle les plus celebres.

Sur l'air, *Si l'Amour étoit ivrogne.*

De mon aimable Grisette,
Le nom est déja connu;
Elle me rend inquiéte
Plus que je n'aurois voulu;
Croyez-en la Chansonette,
Qui par le monde a couru.

Sur l'air, *Quand le peril est agreable.*

Deshouilliere est toujours ingrate,
Pour ceux que ses beaux yeux ont pris;
Et son cœur comme une Souris,
Est pris par une Chatte.

Sur l'air des Feuillentines.

Voilà ce qu'un bel esprit
Par dépit
Composa près de mon lit;
En voyant ma Chatte grise,
Se rouler sur ma chemise.

Après quelques couplets sur les nouvelles du jour, Madame Deshouillieres pour donner à la fin de sa lettre une tournure piquante, ajoûte:

Fait à ma Toilette,
Le septiéme Juin,
Partageant avec Grisette,
Et mon papier & mon soin.

Ceux qui ont cherché à leur donner des travers, ſont tombez dans l'oubli ; la haine des Chats eſt dans les Auteurs un caractere de mediocrité : Il n'y a qu'à lire le Quatrain du Chevalier d'Acilly.

Notre Chatte qu'il vous ſouvienne,
Que ſi vous battez notre Chienne,
Vous ſerez bien-tôt le manchon
De notre petite Fanchon.

Voilà ce qu'un genie vulgaire produit. Scaron doué d'une belle imagination, eſt bien loin de tomber dans une pareille erreur. Il nous reſte de lui une piece fugitive qui prouve encore de quel engoüement on peut être pour les Chats ; il conte une avanture qui vous paroîtra comme à moi, j'en ſuis ſûr, très-propre à former le ſujet d'une excellente Comedie.

EPITRE DE SCARON à Madame de Montatere. [1]

Une Dame, on m'a fait ſecret,
Encore que je ſois diſcret,

[1] Cet Ouvrage n'eſt point dans le Recueil de ceux de Scaron ; il ſe trouve dans un Recueil de Gazettes en vers.

De ſon nom, de ſon parentage,
De ſa figure & de ſon âge ;
Un ami ſeulement m'a dit :
Une Dame, & cela ſuffit ;
Une Dame donc fort joyeuſe,
D'un Chat qu'elle avoit amoureuſe ;
Ne ſçachant à quoi l'amuſer,
Fit deſſein de le déguiſer.
D'une treſſe faite à merveilles,
Et de riches pendans d'oreilles,
Le chef du Chat elle para,
Et l'ayant paré, l'admira :
Lui mit au col de belles perles,
Plus groſſes que des yeux de Merles,
De Merlan, ce ſeroit mieux dit,
Mais la rime me l'interdit ;
Une chemiſe blanche & fine,
Une jupe, une hongreline,
Un colet, un mouchoir de cou,
Et force galans du Marcou,
Firent une brave Donzele ;
A la verité pas fort belle ;
Mais au moins elle raviſſoit
La Dame qui l'embelliſſoit.
Devant un grand miroir, la Dame,
Tenoit la moitié de ſon ame ;

Ce Chat qui ne témoignoit pas,
S'étonner, ni faire grand cas
Des careſſes de cette folle,
Ni de ſe voir comme une Idole.
Cependant quelqu'un qui ſurvint,
Fut cauſe que la Dame tint
Son Chat avecque negligence.
Sans mettre l'affaire en balance,
Le bon Chat gagna l'eſcalier,
Et de-là gagna le grenier,
Du grenier gagna les goutieres;
Et voilà la Dame aux prieres,
Aux cris, à conjurer les gens,
D'être après ſon Chat diligens;
Mais dans le pays des goutieres,
Les Marcous ne s'attrapent gueres:
On ſuivit le Chat, mais en vain.
On s'informa le lendemain
Des voiſins, on leur dit l'hiſtoire;
Les uns eurent peine à la croire;
Les autres la crurent d'abord,
Et tous s'en divertirent fort;
Et cependant le Chat ſauvage
Ne revint point; la Dame enrage,
Moins pour les perles de ſon cou,
Que pour la perte du Matou.

Il paroît par cette avanture, que les Chats n'aiment point à repréſenter ; tout ce qui a l'air de ſujettion, repugne apparemment à cette indépendance dans laquelle ils ſont nez. Monſieur de Fontenelle contoit il y a quelques jours, qu'étant enfant il avoit un Chat dont il s'amuſoit extrêmement. Vous croyez bien, Madame, que je recueillis très-précieuſement cette circonſtance, eſperant bien d'en tirer la conſequence naturelle que dans l'enfance le goût pour les Chats peut être regardé comme le préſage d'un merite ſuperieur. Nous avons d'ailleurs des preuves que ce même goût ſubſiſte encore quand la raiſon eſt venue, n'étant point incompatible avec les occupations les plus ſérieuſes : On voit que c'étoit pour Montagne une vraye récreation, que d'étudier les actions de ſon Chat ; & perſonne n'ignore qu'un des plus grands Miniſtres qu'ait eu la France, [1] avoit toujours des petits Chats folâtrans dans ce même Cabinet d'où ſont ſortis tant d'établiſſemens utiles & honora-

[1] Monſieur de Colbert.

bles à la Nation. Mais revenons à ce que j'ai à vous conter de Monsieur de Fontenelle : Entre-autres jeux, il imagina donc de prononcer un discours qu'il composoit sur le champ ; mais ne trouvant aucune attention dans les autres enfans qui devoient l'écouter, & ne voulant point se passer d'auditoire, il prit son Chat, & l'ayant placé dans un fauteuil, l'érigea en spectateur ; le Chat oubliant bien-tôt qu'il formoit lui seul toute l'assemblée, part, gagne la porte, & l'orateur de courir après son auditoire d'escaliers en escaliers, déclamant toujours avec antousiasme, jusqu'à temps que le Chat ayant atteint les goutieres, il le perdît tout-à-fait de vûe.

Je suis bien fâché qu'il n'ait pas mis en vers cet évenement. Quel titre ce seroit pour les Chats, s'ils se trouvoient placez entre le Sonnet de Daphné & les Mondes !

Notre histoire seroit plus étendue que celle des sept Sages de la Grece, si nous rapportions tous les ouvrages des Poëtes fameux à l'honneur des Chats ; mais je n'ai fait usage de ces differentes Poësies dans le cours de ces Lettres, qu'autant qu'elles servent d'autorité ou d'éclaircissemens à quelque circonstance essentielle à la gloire de nos Heros ; j'ai rassemblé cependant tous ces ouvrages : Une collection si curieuse ne peut être qu'agréable à ceux qui aiment à épuiser chaque matiere, & presentera aux amateurs des Chats dans un seul tableau, tous ces differens points de vûes trop dispersez, dont ils s'occupent avec tant de plaisir.

Les Chats ont encore parmi nous des titres d'une autre espece. Paris enferme un Edifice qui par sa simplicité & son élegance, fait bien de l'honneur à l'Architecture ; c'est le tombeau du Chat de Madame de Lesdiguieres. L'Epitaphe qui y est gravée, prouve assez que ce Chat faisoit tout l'agrément de la vie de sa Maitresse, qui l'aimoit, dit-on, à la folie : Caractere des grands attachemens. J'ai l'honneur d'être, &c. [1]

[1] Ci git une Chatte jolie :
Sa Maitresse qui n'aima rien,
L'aima jusques à la folie ;
Pourquoi le dire ? on le voit bien.

Pag. 104
C. Coypel In.

Je r'ouvre ma Lettre, Madame, pour vous marquer combien je partage votre douleur sur la mort de Marlamain que vous ne pouvez ignorer. On vient de me l'apprendre sans aucun ménagement ; jugez de ma situation. Vous a-t-on conté toutes les circonstances de cette triste avanture ? Une demie heure avant qu'il expirât, on a con-

L'exemple de Madame de Lesdiguieres n'est point du tout une singularité ; on trouve communément des personnes qui font leurs delices de leur Chat ; ce sont ordinairement celles qui ont une ame délicate & des passions douces ; ce n'est pas que le goût des Chats ne puisse subsister dans un cœur où regne encore les passions tumultueuses ; mais il est plus ordinairement le partage de ceux qui menent une vie plus voluptueuse qu'agitée.

Quelquefois l'attachement pour les Chats est porté à l'extrême. Cette Automne derniere dans un petit village appellé *Passy*, & situé sur la route d'Evreux, une Dame qui venoit à Paris avec un grand cortege, arriva fort tard à une très-mediocre Hôtellerie : son premier soin avant de descendre de carosse fut de demander s'il y avoit un Chat dans la maison ; on lui dit que non ; mais d'ailleurs on lui promit des merveilles ; elle répondit qu'il lui falloit un Chat, & que sans cela elle ne pouvoit s'arrêter ; on alla d'abord réveiller tout le village, & on lui apporta enfin la Chatte du Curé ; dès qu'elle la tint dans ses bras, elle entra dans l'Hôtellerie & se crut dans le Palais de Psiché. Elle avoua que lorsqu'elle passoit la nuit dans un appartement où il n'y avoit point de Chat, il lui prenoit des vapeurs insupportables. Le sien étoit tombé malade lorsqu'elle étoit partie ; elle étoit reduite à en emprunter un à chaque séjour qu'elle faisoit, & lorsqu'elle n'en trouvoit point elle passoit la nuit dans la campagne.

nu à ses inquiétudes qu'il vouloit être porté dans l'appartement de son illustre Maitresse. A peine s'est-il trouvé auprès d'elle, qu'il a rassemblé tout ce qui lui restoit de forces, pour faire les adieux les plus tendres ; quelques momens après comme on s'est apperçu qu'il vouloit qu'on l'emportât, pour épargner sans doute, le spectacle de sa mort, on l'a remis dans sa chambre, où il est expiré. Son dernier soupir a été un de ces miaulemens doux & tendres, qu'il étoit accoutumé de faire, quand il étoit honoré de ces caresses qui l'ont rendu si illustre. Je viens d'essayer de faire son Epitaphe : Je vous en fais part ; mais ne la lisez point, si vous connoissez celle dont Monsieur de la Mothe est l'auteur. Elle m'a appris le peu que vaut la mienne.

EPITAPHE DE MARLAMAIN.

Minon, quel que tu sois, arrête ici tes pas,
Au pouvoir d'Atropos, ta Griffe est asservie,
Aprend quelle est la rigueur du trépas,
Lorsqu'il faut s'arracher à la plus douce vie.

Helas ! j'ai vû paſſer des jours delicieux.
O Chats Egyptiens, mes auguſtes ayeux !
Vous qui ſur un Autel, entourez de Guirlandes,
Eſtiez l'amour des cœurs, & le charme des yeux;
On vous a prodigué des Hymnes, des offrandes ;
De tous ces vains reſpects je ne fus point jaloux;
Ludoviſe * m'aima, votre gloire eſt moins belle;
  Vivre ſimple Chat auprès d'elle,
  Vaut mieux qu'être Dieux comme vous.

* Madame la Ducheſſe du Maine.

HUITIE'ME LETTRE.

VOUS allez être bien aise, Madame, de voir le nom des Chats écrit en hebreu : En voici les caracteres חתול. Ils se lisent *Chatoul* ; C'est-là selon le sçavant M.

Chat de *Catus*, les Gloses d'Isidore *Murilegus Catus*. Le Lexicon de Cirille αιλουρος. Le Lexicon ancien, grec, latin κατ7α, *Catta*. Le Scholiaste de Callimaque sur l'Hymne de Cerès, αιλουρον ιδιωτικως Καττον.

Le latin *Catus* a été fait du grec κατις qui signifie *vivera*, pour lequel Homere a dit κτις par contradiction.

En Celtique *Cat* ou *Cas*, selon Pezrou c'est de ce Cat Celtique que nous avons fait Chat, comme Charbon de *Carbo*, & Chambre de *Camera*. Menag. Diction. Etimologiq. Lettre C.

En Arabe, *Hareira*. Voyez la vie de Mahomet par Prideaux.

En Italien, *Gatto*.

En Espagnol, *Gato*.

En Holandois, *Kater* ou *Kat*.

En Allemand, *Cats*.

En Maldivois, *Boulan*. Voyez les voyages de Peyrard de Laval dans le Dictionaire de la Langue Maldivoise.

Il y a quantité de Plantes, d'Instrumens de Méchanique, dont le nom propre est derivé du mot de *Chat*, par quelques relations, sans doute, dont la Tradition s'est perdue ; mais il faut remarquer que ces noms ne sont donnez qu'à des choses agréables ou utiles.

On appelle *Chatton* une monture de Bague. On donne le même nom à la partie de la Tulipe, qui enferme la graîne de la Tulipe.

Chatte, en terme de Marine, est une Barque de 60 tonneaux.

Chatte, espece de Concombres qui se trouvent en

Menage, que commence la Genealogie des differens noms que les Chats ont reçu successivement dans les Nations. De *Chatoul*, les Grecs ont fait Κατις; & ce *Catis* est devenu d'abord chez les Latins *Cautus*, qui veut dire Prudent & Avisé, & qui en cette qualité s'est trouvé propre à former *Catus*, dont nous avons tiré le mot de Chat. Voilà donc, Madame, des noms à choisir pour nos amis; noms d'autant plus convenables, qu'ils exposent par leur étymologie, quel-

differens endroits de l'Egypte, très-agréables au goût, & bons contre la fievre.

Payer en Chats & en Rats, ce qui caracterise un mauvais payeur, n'a nul rapport avec les Chats; anciennement *Chas* vouloit dire une maison, & *Ras* signifioit un champ; c'étoit donner au lieu d'argent des heritages bâtis & non bâtis. *Dictionaire de Trevoux.*

Chat. Ainsi s'appelle certains vaisseaux du Nord à cul rond, qui n'a qu'un Pont qui porte des Mats de Lune, sans avoir de Lune ni de barre de Lune.

Chat, en terme d'Artillerie, est un morceau de fer qui sert à grater le dedans d'une piece de Canon, pour voir s'il ne s'y trouve point de chambre.

Chaters, c'est le nom qu'on donne en Perse aux Coureurs. *Tavernier.*

Ce mot ne peut être dérivé que du mot Hebreu *Chatoul.*

Chat levant, ou *Chat prenant*, Termes de Coutume.

Ces mots signifient une clause qu'on mettoit autrefois dans le Pays Messin; par cette clause on donnoit pouvoir à ceux qui prenoient des fonds à mort gage, d'en percevoir les fruits.

ques qualitez de l'animal aimable auquel ils ſont appliquez : Et nous avons le dégoût de voir qu'au lieu d'aller puiſer dans des ſources ſi fecondes, on donne aux Chats dans preſque toutes les maiſons, des ſobriquets au hazard, & qui ne portent ſur aucune idée raiſonnable ; les plus grands hommes parmi les Modernes ſont tombez dans cette erreur. Monſieur de la Fontaine en cent endroits de ces Fables, ſemble affecter de donner aux Chats des dénominations ridicules, dans les endroits même où il fait leur éloge. Pourquoi ne pas imiter à cet égard le divin Homere : Quand il parle des Chats, c'eſt toujours avec les égards & les convenances qu'il eſt ſi naturel d'obſerver pour eux. Il n'y a qu'à lire ſon Poëme de la Batrachomyomachie, lorſqu'il a à peindre leur talent pour attraper les Souris. Pſycarpax Prince Rat, parle ainſi à Bouffard Roy des Grenouilles :

Le Chat aux doigts tranchans, je l'avouerai, Seigneur,
Dans mes ſens éperdus imprime la terreur ;

Des pieges, il eſt vrai, l'amorce eſt redoutable,
Mais je crains cent fois plus une patte implacable,
Qui juſques ſous nos toits, (oh perfide tranſ-
port!)
Vient ſe cacher, m'atteindre, & me donner la mort;
Ma valeur vainement s'oppoſe à tant de rage,
Contre une griffe helas! à quoi ſert le courage? [1]

C'eſt dans les actions des Heros qu'on a toujours puiſé les ſurnoms qu'on leur a donné: Qu'on cherche dans les Naturaliſtes les attributs des Chats; mille épithetes honorables viendront ſe preſenter. Il eſt vrai qu'on pourra quelquefois enviſager les Chats par des faces moins favorables. *Quand on examinera cette ſoupleſſe, & ce ſilence avec lequel ils ſe gliſſent dans les endroits où ils peuvent attraper des oi-*

[1] Le Chat aux doigts crochus,
Eſt un des animaux qui m'allarme le plus;
Je crains du piege encor les trompeuſes amorces;
Mais ſur-tout du Matou je redoute les forces:
Mes plus grands ennemis, ce ſont ces fins matois,
Qui viennent nous chercher juſques deſſous nos toits.

Traduct. de la Batrac. par M. Boivin.

seaux [1], cette dexterité ne plaira point à ceux qui aiment mieux les oiseaux que les Chats. Ils l'appelleront injustice, attentat, tyrannie; cependant le reproche de manger quelques oiseaux [2], doit leur être fait avec beaucoup de ménagement, lorsqu'on observe qu'ils sont ennemis nez de beaucoup d'autres animaux qui sont nuisibles, & que nous avons en grande antipatie. Ils détruisent les Lézards & les Serpens [3]. J'ai heureusement recueilli sur ce sujet des Vers que je croi traduits de l'Arabe. C'est une Idile intitulée *les Chats*. La personne dans les mains de laquelle elle étoit tombée, accoutumée à ne voir

[1] *Feles quidem quo silentio quam levibus vestigiis obrepunt avibus.* Plin. lib. XI. cap. LXXIII.

[2] Montagne rapporte par admiration un évenement passé sous ses yeux, par le récit duquel on voit qu'il reconnoît dans les Chats des qualitez surprenantes : voici ses propres mots : *On vit dernierement chez moi un Chat guetant un oiseau au haut d'un arbre, & s'étant fiché la vûe ferme l'un contre l'autre quelque temps, l'oiseau s'être laissé choir comme mort entre les pattes du Chat, ou enyvré par sa propre imagination, ou attiré par quelque force attractive du Chat.*

[3] *Felis contra lethiferos Aspidum morsus & alia Serpentum genera quæ nocent, utiles.* Est. Diod. Sic. p. 74.

dans

dans ces sortes d'ouvrages que des Oiseaux, des Chévres, ou des Moutons, étoit très-surprise de ce que les Chats étoient devenus un sujet Pastoral. Ces Vers, lorsqu'elle me les communiqua, réveillerent d'abord en moi le souvenir de ces Chats de l'Isle de Chypre que j'ai cité dans ma quatriéme Lettre, qui passoient une partie du jour à la chasse des Serpens dans la campagne, & se rendoient à des heures reglées au Monastere où ils habitoient. Je pensai, comme cela vous paroîtra tout simple, que le Moine auquel le soin de sonner la cloche pour le dîner des Chats étoit confié, & qui les conduisoit

Au Midi de la Region des Marmarides, qui est un desert, il y avoit des Serpens appellez *Cerastes*, desquels la morsure étoit extrémement venimeuse; ils étoient d'autant plus dangereux, qu'étant de la couleur du sable on marchoit dessus, faute de les appercevoir. Anciennement ces Bêtes passerent en Egypte où elles rendirent plusieurs pays deserts. *Diod. de Sic. l.* 3. *pag.* 132.

L'Isle Ophiade qui est située dans la Mer Rouge, fut long-temps deserte à cause de la multitude de Serpens qui y habitoient. Diodore rapporte qu'elle en fut delivrée par les secours des Rois d'Egypte.

Ce secours étoit sans doute une armée de Chats qui y fut envoyée; mais l'Histoire fait presque toujours honneur aux Monarques, seulement des grands évenemens qui se sont passez sous leur regne.

dans la prairie, s'occupoit d'eux comme les Pasteurs font si naturellement de leurs Moutons. Le loisir de cette vie heureuse lui avoit inspiré sans doute le goût de la Poësie; & n'ayant point de Bergere à célebrer, il avoit du moins chanté son Troupeau. Je croi, Madame, que mes conjectures vous paroîtront sensées, quand vous aurez lû cet ouvrage. Le voici.

LES CHATS.

IDILE.

C'en est assez, beaux Chats, suspendez votre zele;
Grimpez, grimpez, sur ces rameaux épais;
Pendant l'ardeur du jour goûtez la douce paix
Que vous rendez à cette Isle si belle.
Ces Gazons émaillez des plus vives couleurs,
Ces Bosquets toujours verds, cette onde qui serpente;
Le croiroit-on, helas! inspiroient l'épouvante;
Mille & mille Serpens s'y cachoient sous les fleurs.
C'est votre Griffe tutelaire,
Qui de tant de perils termine enfin le cours;
Que tout celebre ici cette Griffe si chere;
Non, non, ce n'est qu'aux Chats que l'on doit les beaux jours.

Le Dieu des cœurs vous devra les conquêtes,
Qui vont éternifer fa gloire dans nos bois ;
Quel triomphe pour vous chaque jour dans nos fêtes :
L'Eco repetera cent fois,
O delice des cœurs, ô belle Cytherée,
Rien ne nous contraint plus, nous vous fuivrons toujours ;
Dans cette Ifle, où jadis vous fûtes adorée,
Les Chats ont ramené les jeux & les amours.
Tendres Minons, c'eft par vos feuls exemples,
Que la fidelité peut relever fes Temples.
Quels modeles pour notre cœur,
Quand la beauté qui vous eft chere,
De vos feux partage l'ardeur !
Vous n'êtes point flatez du vain orgueil de plaire,
Le feul plaifir d'aimer fait tout votre bonheur :
Que les Bergers ici viennent apprendre,
A reffentir des feux qu'ils ne connoiffent pas ;
Ah ! quand on veut brûler de l'amour le plus tendre,
Il faut aimer comme les Chats.

Ne trouvez-vous pas, Madame, que ce nouveau détail de Bergerie a quelque chofe de plus vafte & de plus piquant, (fans cependant fortir de la fimplicité champêtre,) que le genre Paſtoral qu'ont traité les Anciens? Quel dommage que Théocrite n'ait pas eu l'idée de celui-ci. On ne peut vanter dans les Moutons que la blancheur de leur laine, les bonds qu'ils font ſur le penchant d'un côteau, ou le bêlement d'une Brebis qui appelle ſon petit Agneau. Il n'y a rien là d'intereſſant pour le cœur. Si l'on veut remuer le Lecteur par des images de l'amour, il faut lui faire perdre de vûe le Troupeau pour ne l'occuper que du Berger & de la Bergere : mais dans une Bergerie de Chats, c'eſt dans le ſein du Troupeau même qu'on puiſe le ſujet entier d'une Eglogue intereſſante.

Madame Deshouillieres qui ſçavoit ſi bien ſe ſaiſir des images & des idées propres à la Poëſie, n'a-t-elle pas écrit avec un grand détail les amours de Griſette? N'avons-nous pas d'elle encore un Poëme tragique & lirique ſur la mort d'un des Amans de cette belle Chatte? J'ai ſongé, comme vous croyez bien, Madame, à faire mettre ce Poëme en Muſique; mais l'ouvrage étoit

n-
uit
n.
de
n.
ne
'y
on
de
le
er
de
ne
ne
en
à
nd
s-
ne
de
us
ce
oit

Pag. 47
Car. Coypel In.
C. Sculp.

aſſez important pour me rendre difficile ſur le choix du Muſicien. Ce ſont des Chats qui forment toute l'action [1]. J'ai conſulté nos Connoiſſeurs en Muſique les plus délicats. Ils m'ont déclaré que le chant des Chats pouvoit être rendu exactement par un grand nombre de nos Muſiciens modernes, m'aſſurant qu'ils mettroient ce Poëme dans tout ſon jour. D'un autre côté de ſçavans Italiens qui ſont de bonne foi, m'ont prouvé que leur Muſique devoit à bien des égards avoir la préference, & particulierement par le Récitatif. Cette derniere raiſon a penſé emporter la balance : mais comme cet Opera n'eſt point de ceux dont la repreſentation & le ſuccès doivent ſe renfermer dans une ſeule nation, & qu'il eſt deſtiné au moins à toute l'Europe, j'at-

[1] Les Perſonnages ſont,
Griſette, Chatte de Madame Deshouillieres.
Mimy, Chat de Mademoiſelle Deshouillieres, amant de Griſette.
Marmuſe, Chat de Madame Deshouillieres, confident de Mimy.
Caſar, Chat des Minimes de Chaillot, Deputé des Chats du Village.
Troupe de Chats du voiſinage.
Voyez ce Poëme à la fin des Poëſies rapportées dans ce volume.

tens que les deux partis ſoient d'accord, pour me déterminer. Je ſçai bien des perſonnes de mérite qui ſont dans une grande impatience de voir cette queſtion décidée, & qui certainement ne verront jamais d'autre Opera nouveau que celui-ci. Imaginez-vous, Madame, combien le Balet en ſera brillant & varié, étant executé par des Chats. Ces nouveaux Danſeurs par leur legereté extraordinaire caracteriſeront le merveilleux de l'Opera bien mieux ſans comparaiſon que les vols, les chars, & les trapes dont on apperçoit toujours la méchanique [1]. J'ai l'honneur d'être, &c.

[1] Nous avons à Paris un celebre tableau d'Hiſtoire, qui ſera un monument éternel de la dexterité des Chats. On découvre d'abord aux pieds d'un ſuperbe Bâtiment une Chatte & un Chat en rendez-vous, & ſur le coin d'une corniche on apperçoit un Chat à demi caché, tenant un piſtolet pointé ſur le Chat qui lui enleve ſa maitreſſe. Cette avanture repreſentée allegoriquement comme elle l'eſt, coûtera peut-être des volumes entiers de diſſertations aux Sçavans des ſiecles à venir. Le ſimple de l'Hiſtoire eſt, que le Chat qu'on voit ſur la corniche ayant ſurpris ſa maitreſſe avec ſon rival, il ſe lança ſur lui du haut de la goutiere, avec tant de juſteſſe & de force, qu'il l'écraſa de ſa chute.

NEUVIE'ME LETTRE.

SI jamais, Madame, il étoit établi de déterminer ſon choix à une ſeule eſpece de Chats, les noirs auroient ſans difficulté la préference. Les Chats noirs ſont ceux dont la nature a toujours été le plus avare ; elle ſemble ne nous en montrer quelquefois que pour nous prouver qu'elle a le ſecret d'en faire. Il y a toute apparence que les Chattes qui ſe piquent de beauté, ſont de cette couleur, ou tâchent du moins d'en être. J'ai remarqué qu'elles étoient extrêmement courues par toute ſorte de Chats. Elles ont apparemment à leurs yeux ce piquant qui eſt le partage des Brunes dans toutes les eſpeces, & pourroient bien ſe faire honneur de ces Vers de M. de Fontenelle, dont les Brunes ont été ſi flatées.

Brunette fut la gentille femelle,
Qui charma tant les yeux de Salomon,
Et renverſa cette forte cervelle,
Où la ſageſſe avoit pris le timon.

Qui dit Brunette, il dit ſpirituelle,
Et vive au moins comme un petit Demon.
Et s'il vous plaît tous ces jolis viſages,
Qui de la Grece affolerent les Sages,
Qui comme oiſons les menoient par le bec;
Qui croyez-vous que ce fuſſent? Brunettes
Aux beaux yeux noirs, & qui dans leurs goguettes,
Diſoient, Dieu ſçait gentilleſſes en Grec;
Autre Brunette aujourd'hui me tourmente,
Moi Philoſophe, ou du moins Raiſonneur,
Et qui pouvois acquerir tout l'honneur
Et tout l'ennui d'une ame indifferente.
Or vous, Meſſieurs, qui faites vanité
Des triſtes dons de l'auſtere ſageſſe;
Quand vous verrez Brunettes d'un côté,
Allez de l'autre en toute humilité;
Brunettes ſont l'écueil de votre eſpece.

Il eſt vrai que la couleur noire nuit beaucoup aux Chats dans les eſprits vulgaires; elle fait ſortir davantage le feu de leurs yeux : c'eſt aſſez pour les croire au moins ſorciers [1], mais en récompenſe ce

[1] Il ſe paſſe à ce ſujet à Mets tous les ans, une ceremonie qui eſt bien à la honte de l'eſprit : *Les Magiſtrats viennent gravement dans la Place publique expoſer des Chats dans une cage placée au deſſus d'un Bucher, auquel on met le feu avec un grand appareil, & le Peuple aux cris affreux que font ces pauvres Bêtes, croit faire*

même aspect joint à leurs façons d'agir charmantes, est pour les gens de bon sens une image naïve de ces peuples venus de l'Afrique, dont le teint rembruni leur donnoit un abord sauvage, & qui cependant, dès qu'ils furent maîtres de l'Espagne, sembloient n'en avoir fait la conquête que pour y transporter la politesse & la galanterie.

Feu Madame de la Sabliere fournit à cet égard un exemple bien remarquable. Elle avoit passé une partie de sa vie au milieu d'un nombre de Chiens. Un beau jour ses amis furent très-étonnez de les trouver tous éxilez, & de voir à leur place une

souffrir encore une vieille Sorciére qu'on prétend s'être autrefois metamorphosée en Chat, lorsqu'on alloit la brûler.

Les Chats sont bien malheureux d'avoir eu la préference dans la prétendue metamorphose de la Vieille. Il étoit si naturel de l'imaginer changée en Dragon.

M. Locke a bien raison de dire qu'il y a de certaines frayeurs qui deshonorent notre entendement. Rien est-il si ridicule que l'avanture de ce Mathematicien? * qui s'imaginant un jour que son Chat avoit parlé, pensa en mourir de peur. Tandis qu'il travailloit, remarquant que ce Chat tenoit ses yeux fixez sur lui, il dit: *Tu me regarde bien attentivement;* à quoi il prétend que le Chat avoit répondu, *Eh! pourquoi non.*

Le Mathematicien ennivré sans doute de la fatigue de son travail, avoit pris un *Miaou* pour un *Pourquoi non.*

* Il s'appelloit M. Drouin, & logeoit à Paris chez M. de Treville.

troupe de Chats noirs triomphans. On lui demanda la cauſe de cette révolution ; elle avoua qu'ayant éprouvé qu'on s'attachoit avec paſſion aux Chiens, ce qui lui paroiſſoit très-déraiſonnable, elle s'étoit déterminée à n'avoir que des Animaux dont le commerce ne mene pas plus loin qu'on ne veut. Quelle guide que la prudence humaine ! C'étoit les Chats ; & les noirs encore qu'elle avoit choiſis. Il eſt vrai qu'elle réuſſit d'abord à rompre ſon premier attachement, mais ce ne fut que pour en reprendre un cent fois plus tendre & plus durable. Sans ceſſe environnée & occupée de ces Chats ; livrée de plus en plus à un enchantement qu'elle n'avoit pas prévû : amuſemens, paſſions, tout leur devint ſubordonné. Elle ne voulut plus admettre dans ſon intimité qu'eux, & Monſieur de la Fontaine ; & cette liaiſon agréable a duré juſqu'à ſa mort.

Entre ces Chats rares, ce ſiecle-ci en a produit un dans lequel on retrouve à un degré de reſſemblance étonnant, ce com-

Sçachant
a qui je plais
Connois
ce que je vaux.

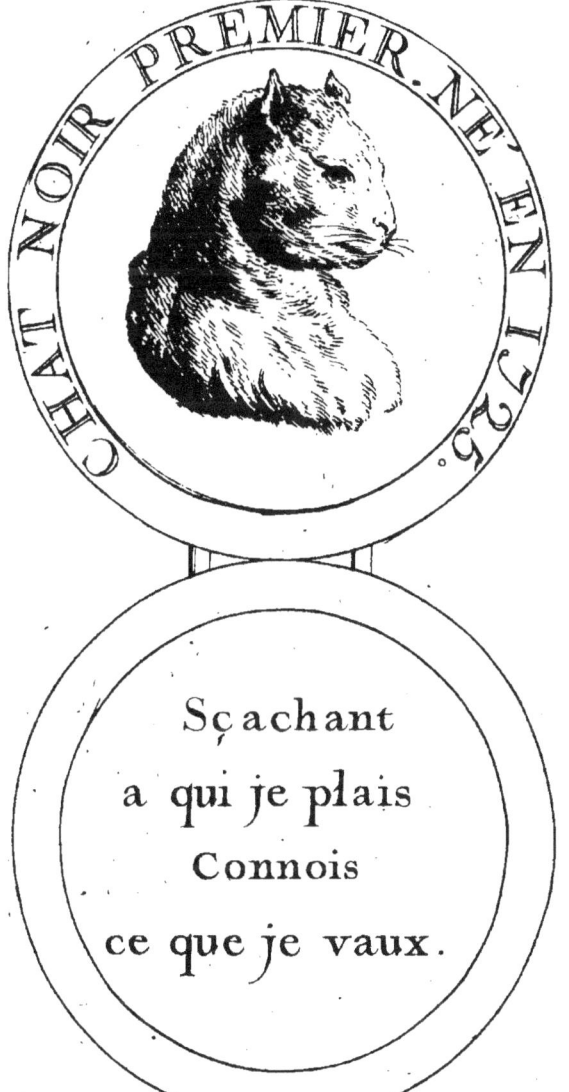

merce séduisant de Zegris & des Abénecrages. Comme eux il a un goût infini pour les Fêtes. Amateur des promenades, & en même temps ennemi de cette tristesse que l'hyver répand sur la nature, il s'est choisi une galerie où il jouit d'un printemps éternel. C'est une Orangerie. On le voit respirant les parfums, & s'égarant à travers les branches & les fleurs. Vous jugez bien, Madame, que le théâtre de ses amours ne peut être que

> Sous ce berceau qu'amour a fait exprès,
> Pour attendrir une inhumaine.

Il y conduit une Chatte tricolore, qui porte un masque noir comme le sien, & qu'il aime avec toute la galanterie & la fidélité de ces vieux temps qu'on nous vante toujours. Cette constance est bien à sa gloire. Charmant comme il est, avec l'art qu'il a d'attirer les Belles dans un lieu délicieux, où il ne regne qu'un jour sombre, il n'auroit qu'à imaginer des conquêtes, & les faire.

Quelles Chattes ſi moderées,
S'armeroient de rigueur dans ces nuits éclairées,
Par le ſeul flambeau des amours !
C'étoit ſous un berceau, dans ces belles ſoirées,
Que Cleves, malgré ſoi, s'occupoit de Nemours.

Je n'ai encore expoſé que les plus foibles preuves du mérite de cet admirable Chat. Une Princeſſe à qui les Deſtinées ont fait un don plus précieux par le charme de ſon eſprit que par le rang ſupérieur qu'elle remplit ; cette grande Princeſſe, dis-je, le cherit & s'en amuſe. Anacréon, à ce prix, n'auroit-il pas jugé avec juſtice ſes talens aſſez récompenſez ?

J'ai l'honneur d'être, &c.

DIXIE'ME LETTRE.

NOUS n'avons, Madame, traité encore qu'en ébauche la forme aimable de nos Chats ; c'est une de celles qui font le plus d'honneur à la nature. Ils joignent au maintien solide des Quadrupedes un agrément & une dexterité donnée à un petit nombre d'especes. Couverts d'une fourure veloutée, où la nature s'est jouée à varier des couleurs, ils naissent armez contre l'intemperie des saisons.

C'est une méchanique très-curieuse que l'art avec lequel les Chats disposent cette fourure, pour recevoir ou éviter à leur gré les impressions de l'air ; la découverte que j'en ai heureusement faite, est le fruit d'un grand nombre d'observations.

Quand il regne un air dont les Chats veulent se garentir, j'ai remarqué qu'ils tiennent leur poil couché exactement sur leur peau ; ce qui fait connoître que cette tissure devient alors un rempart où les parties du froid ou du chaud glissent sur la superficie; au lieu que quand la saison est convenable à leur temperament, on flate leur sensation. Ils s'ouvrent pour ainsi dire, aux influences; ils dilatent leur poil; ils le hérissent: ce qui donne un libre passage à l'air dont ils consentent d'être frappez. Ces précautions sont sans doute, une suite de la connoissance qu'ils ont des changemens du Ciel. [1] Cette patte qui par les contours

[1] Vigenere * qui a recueilli à cet égard les opinions des Anciens, en expliquant le simbole du Chat à face humaine, posé sur le Sistre Egyptien, s'exprime en ces termes: *Au regard de la face humaine; cela ne veut dire autre chose, sinon que cet animal a considération & notice des changemens qui aviennent par chacun jour au globe de la Lune.* Cardan a soutenu au contraire que ces varietez dans la prunelle de leurs yeux, qui grandissent & diminuent, venoient uniquement de leur volonté. D'autres ont cru que l'approche ou l'éloignement du Soleil influoit aussi sur eux, observant que le matin ils se tenoient étendus, à midi ramassez en peloton, & le soir frapez d'engourdissement & de nonchalance. *Jonston.*

M. Boyle, de la Societé Royale de Londres, dans le Livre qui a pour titre: *A disquisition about thé final causes of natural things, &c.* c'est-à-dire, *Dissertation touchant les Causes finales des choses naturelles*, prétend que les Chats ont la prunelle longue & située perpendiculairement; la raison de cela, ajoûte un de ses amis, sçavant dans l'Optique,

* Notes sur Philostrate, *Chap. des Sistres.*

qu'elle trace sur leur visage, est un présage de pluye ou de beau temps, que les gens même les moins éclairez ont remarqué, supplée aux Instrumens de Mathematique : Ainsi les Chats peuvent être regardez comme des Baromêtres vivans. [1]

Mais supposons que ces relations des Chats avec les Astres soient imaginaires, & ne les regardons que par des faces qui leur sont incontestables ; leurs yeux, par exem-

est que comme les Chats, dont la marche ordinaire est de grimper aux murailles pour attraper les Souris & les Rats, dont ils vivent, peuvent les observer par la situation perpendiculaire de leur prunelle, plus aisément que si elle étoit transversale, comme celle des Chevaux, des Bœufs, ou autrement.

[1] Le Poëte Ronsard porte bien plus loin ses idées sur les connoissances qu'il accorde aux Chats ; il ne balance point à les mettre, pour ainsi dire, au rang des Sybilles ; c'est peut-être le seul endroit de ses Poësies digne d'éloge.

Or comme on voit qu'entre les hommes naissent
Augurs, Devins . . . .
Aussi voit-on, Prophetes de nos maux,
Et de nos biens, naître des animaux,
Qui le futur par signes nous prédisent ;
. . . .
Mais par sus tous, l'animal domestique
Le Chat a l'esprit prophetique ;
Et faisoient bien ces vieux Egyptiens,
De l'honorer, . . . *Epître à Remy Belleau Poëte.*

ple, ont été long-temps l'objet de l'ambition des belles; on ne pouvoit leur donner un éloge plus flateur, que de leur trouver les yeux Pers, c'est-à-dire, changeans comme ceux des Chats, ou verds, comme on remarque qu'ils les ont communément. [1] Monsieur de la Fontaine dans la Fable des filles Minées, après avoir décrit la dispute de Neptune & de Minerve, au sujet de la Ville d'Athénes, pour caracteriser dignement la Déesse, la represente avec ces yeux qui sont le partage des Chats.

Elle emporta le prix & nomma la Cité;
Athenes offrit ses vœux à cette Deïté;
Pour les lui presenter, on choisit cent pucelles,
Toutes sçachant broder, aussi sages que belles.
Les premieres portoient force presens divers,
Tout le reste entouroit la Déesse aux yeux Pers.

[1] On ne prétend pas que les yeux Pers & les yeux Verds soient les mêmes. Les yeux Pers sont ceux qui sont ordinairement d'un bleu pâle, ou quelquefois de couleur d'eau, & qui varient encore de differentes Nuances dans l'espace d'un jour. Les yeux Verds ne changent point de Nuances quand ils appartiennent aux hommes; mais à l'égard des Chats, les yeux Verds ont ces augmentations & ces dégradations de couleurs qui caracterisent les yeux Pers.

Selon Menage, *Pers* vient du Grec περκος ou περνος, qu'il explique *Subniger*.

Marot

Marot pour fraper d'un ſeul trait le portrait de Venus, n'a-t-il pas dit :

Le premier jour que Venus aux yeux verds.

Le Sire de Coucy ſi celebre par ſes amours, avoue dans ſes Poëſies qui ſont du temps de Philippes Auguſte, que c'eſt-là le charme auquel ſon cœur a cedé. [1] Ces beaux yeux qui appartenoient à une Madame de Fayel, causerent, comme on le ſçait, l'avanture du monde la plus tragique. [2] Les yeux verds n'inſpirent que de grandes paſſions ;

Pallas priſe pour l'air, fut nommée par les Egyptiens *Glaucopis*, c'eſt-à-dire ayant les yeux de blancheur verdoyante. *Diod. Sic. lib.* 1. *pag.* 5.

[1] Au commencier, la trouvay ſi doucette,
Que ne cuiday por ly maux endurer ;
Mais ſi bel œil verd, & riant, & cler,
M'a ſi ſorpris. . . . . .

[2] Renaud de Coucy bleſſé au Siege d'Abſalon, dans la Croiſade de Philippe-Auguſte & de Richard Roy d'Angleterre, chargea ſon Ecuyer de prendre ſon cœur dès qu'il ſeroit mort, & de le porter à la Dame de Fayel, qui étoit en Gatinois, & dont il étoit fort amoureux ; il y joignit une lettre très-tendre qu'il ſigna de ſon ſang en expirant. L'Ecuyer de retour en France, fut ſurpris par le Seigneur de Fayel qui avoit été fort jaloux de Renaud de Coucy, & qui prenant le cœur de l'amant de ſa femme, le fit ſervir à table & le lui fit manger. Elle mourut de deſeſpoir auſſi-tôt que ſon mari lui eut revelé cette horrible vengeance.

Fauchet dans ſes recherches ſur les anciens Poëtes, prétend que Renaud de Cou-

& la nature qui les a refusez dans ce siecle-ci aux belles, les a prodiguez à l'espece chatte. [1]

cy, tué au Siege d'Absalon en 1191, est le même que Raoul premier Seigneur & Châtelain de Coucy; des Ouvrages duquel il rapporte quelques fragmens dans une de ses Chansons, dit Fauchet, *Le Seigneur Châtelain se plaint qu'il n'ose declarer son amour à cause de la gent Mauparliere*; dans une autre, *Il souhaite avoir sa Dame nue entre ses bras, avant qu'aller outre mer*, ce qui donne lieu de croire qu'il n'y eut entre sa Dame & lui qu'une liaison de pure sentiment. La mort de cette Dame en peut être regardée comme une preuve certaine; quand celles qui perdent leur amant ont quelqu'autre circonstance que son cœur à regreter, ce n'est point l'usage que d'en mourir. Une voix secrete & qu'elles ne croyent peut-être pas entendre, leur crie qu'elles retrouveront ce qu'elles ont perdu, & cette voix toujours persuasive les attache encore à la vie; mais quand le bien qu'elles regretent n'est que cette tendresse mutuelle qui a sa source & sa fin uniquement dans le cœur, rien ne leur annonce que jamais un autre objet puisse leur inspirer cette même passion, & elles meurent faute d'appercevoir un autre moyen de consolation.

Dans ces temps reculez le pays des Amans étoit une longue perspective; on n'entrevoyoit que de fort loin le bonheur d'être aimé, au-delà on n'appercevoit presque rien, ou du moins on n'osoit croire ce qu'on n'appercevoit que très-confusément: aujourd'hui la perspective est extrêmement raprochée; on ne s'attache qu'au fond du tableau, & on ne regarde point le reste.

[1] Il y a long-temps que les Chats sont en possession d'avoir de beaux yeux: un de nos anciens Poëtes a comparé ceux de son Chat aux Nuances de l'Arc-en-ciel.

Yeux desquels la Prunelle perse,
Imitoit la couleur diverse,
Qu'on voit en cet arc pluvieux,
Qui se courbe au travers des Cieux. *Dubellay.*

A ne connoître ces aimables animaux que par tant de qualitez dont ils ſont douez, ne jugeroit-on pas qu'ils jouiſſent d'une longue vie? Cependant, tandis qu'un ennuyeux Corbeau voit, ſelon l'opinion des Anciens, l'eſpace de ſix ou ſept ſiecles, [1] un Chat remplit à peine deux ou trois luſtres. Comment la nature conſerve-t-elle ſi peu de temps ce qu'elle ſemble avoir fait avec tant de plaiſir? Dans les differens climats où elle les a répandus, elle n'a varié leur forme, que pour multiplier leurs agrémens; on a remarqué que ceux de l'Europe reſſemblent exactement au Lion par beaucoup de traits. [2] Les Chats Syriens plus grands

[1] Les Corneilles vivent neuf âges d'homme. *Plutarq. ch. des Animaux. pag.* 271. *Trad. d'Amyot.*

Le Cerf & le Corbeau, la Langarde Corneille
Et cet Oiſeau doré que Gange voit voler,
Ont le credit de voir un ſiecle s'écouler,
Voire deux, voire trois, dont bien je m'émerveille.

Poëſies de la Peruſe, imprimé en 1573. Sonnet ſur la mort du Seigneur Jean de Voyer Comte de Paumy.

[2] *Inventæ ſunt in Hiſpania plures Cuniculos venandi rationes, hæc verò inter alias, Feles Africas agreſtes ſtudioſè inſtituunt, ex ore obligato in foramina immittunt, qui unguibus extrahunt Cuniculos, inventos aut foras expellunt ubi ab aſtantibus captantur.* Strabo lib. 3. pag. 99. édit. ann. 1587.

que les nôtres, sont très-curieusement bigarez; [1] & comme leurs yeux ne sont pas tous deux dans la même position, & que leur bouche a un penchant vers l'oreille, des voyageurs ignorans, & qui ne connoissent de regularité que dans les proportions communes, ont rapporté qu'ils avoient la bouche & les yeux de travers; & concluoient de-là qu'ils étoient monstrueux. Mais philosophiquement examinez, leur phisionomie est très-heureuse & très-agréable : Les Chats du Malabar habitent ordinairement sur des arbres; le vol leur est propre; & ce qu'il y a de plus surprenant, est qu'ils volent sans aîles. [2]

[1] Jouston.

[2] Scaliger & plusieurs Voyageurs modernes.

Ces Chats du Malabar volent à la faveur d'une Membrane fort large, laquelle s'étend du pied de derriere au pied de devant; elle est ramassée & plicée quand ils marchent, & se déploye quand ils veulent voler : les Chats des Philippines ont le même attribut. Voyez l'Ecureuil volant qui a été envoyé l'année derniere à M. de Maurepas.

Il y a plusieurs autres especes de Chats dans les Indes; les uns ont le poil herminé & la queue entrecoupée de bandes noires & blanches, quelques-autres ont six pattes. L'Auteur de l'état present des Isles de l'Angleterre, rapporte que dans la Floride joignant la Virginie, il y a des Chats sauvages qui font la guerre aux bêtes fauves; ils s'élancent sur leur dos, s'y attachent, les domptent & en font leur proye. D'autres Chats Indiens portent

Mais sur toutes ces especes de Chats étrangers, ce sont ceux de Perse, il faut en convenir, qui l'emportent par la beauté. Un fameux voyageur [1] en 1521, enrichit l'I-

leurs petits dans une poche placée à leur côté, & n'en sont pas moins ingambres.

Un ancien Poëte François & Physicien en même temps fait le portrait d'un Chat merveilleux.

Ce rare Chaton que la Nature a fait,
Que de ses propres mains elle-même a parfait,
Que l'on doit admirer, ayant (grandes merveilles)
Huit pieds, un chef, un œil, deux queues, quatre oreilles.

Paul Contant Maître Apotiquaire de Poitiers, pag. 40. fol. 37.

Mais c'est peu que la terre soit semée de ces differentes especes ; un autre Poëte François a remarqué fort judicieusement que les Mores ont aussi leurs Chats.

Et qui ne voit encore que la Campagne herbue,
N'a nul rare animal dont l'eau ne soit pourvûe ;
L'Onde a son Elephant . . . son Chat roux en couleur.

Dampiere dans son voyage du tour du monde décrit la forme de cet admirable poisson. Le Chat de mer, dit-il, a une moustache qui le caracterise principalement, & ses yeux brillent & étincellent la nuit.

[1] Pietro del Lavalé ; ce Voyageur qui paroît avoir un grand fond d'esprit, expose dans une lettre qu'il écrit d'Ispahan, qu'en qualité de bon Citoyen il ne croit pouvoir tirer de ses voyages une plus grande utilité, pour Rome sa chere Patrie, que d'y transporter une nouvelle race de Chats ; il declare qu'il a épousé une belle Aziatique nommée *Maani*, & qu'il passe une vie délicieuse entre son Epouse & ces beaux Chats.

Pietro del Lavalé jouissoit d'une grande fortune, il ne marchoit dans ses voyages qu'avec un nombreux talie de cette nouvelle race ; present qu'elle conserva avec tant de soin & de jalousie, que ce ne fut qu'après un siecle presque revolu, que ces beaux Chats furent transportez en France. Elle en a l'obligation au celebre Monsieur Menard qui apporta de Rome une Chatte, sur la mort de laquelle il a fait un Sonnet bien digne d'illustrer sa Muse, comme il est arrivé.

SONNET.

C'est grand dommage que ma Chatte,
Aille au pays des Trépassez ;
Pour se garantir de sa patte,
Jamais Rat ne courut assez ;
Elle fut Matrone Romaine,
Et fille de nobles ayeux ;
Mon Laquais la prit sans mitaine,
Près du Temple de tous les Dieux :
J'aurai toujours dans la memoire
Cette peluche blanche & noire,

cortege, laissant par-tout des marques de son discernement & de sa magnificence.

Ces beaux Chats étoient de la Province de Chorasan, située aux confins du Zagathay & de la Tartarie ; elle comprend la Province d'Ariane des Anciens, & une partie du Pays des Parthes & de la Bactriane ; ses principales Villes sont *Herat*, *Nisabur*, *Sarachas*, *Turschie*, *Meruera*, &c.

Qui la fit admirer de tous ;
Dame Cloton l'a maltraitée,
Pour plaire aux Souris de chez nous,
Qui l'en avoient sollicitée.

Il n'est pas étonnant que Monsieur Menard ait regretté si tendrement sa Chatte ; elle étoit sans doute, les délices de sa solitude, & l'appui de sa philosophie, lorsqu'il composa ces vers qui caracterisent si bien ses moeurs & son esprit:

Las d'esperer & de me plaindre
De l'amour, des Grands, & du sort,
C'est ici que j'attens la mort,
Sans la desirer ni la craindre.

Mais quels avantages n'ont point été occasionnez par les Chats ? Une des plus celebres Maisons de l'Angleterre leur doit sa richesse & son illustration. Richard Whittington dans sa grande jeunesse, dépourvu de tous les biens de la fortune, mais né avec d'excellentes inclinations, voulut aller dans l'Inde chercher une plus heureuse destinée. Il se presenta comme passager pour s'embarquer. On lui demanda avec quels secours il comptoit de vivre dans le trajet : Il répondit qu'il n'avoit pour toute richesse qu'un Chat, & le desir de se signaler. On fut touché de cette franchise noble avec laquelle il exposoit sa situation. On le reçut lui & son Chat, & le vaisseau fit voile. Comme ils étoient dans les mers de l'Inde, une tempête les surprit, & les fit échoüer sur une côte, où bien-tôt les naturels du pays s'emparerent de leur navire & de leurs personnes. Le jeune Anglois portant son trésor entre ses bras, fut conduit comme les autres, devant le Roy de ces peuples ; & tandis qu'ils étoient à son audience, ils apperçurent un nombre immense de Souris & de Rats, qui parcouroient le Palais, & s'attroupoient jusques sur le trône du Monarque qui en paroissoit très-ennuyé. Whigtington reconnut la voix de la fortune qui l'appelloit. Il ne fit que laisser aller son Chat, & voilà un monde de Souris & de Rats étranglez, & le reste mis en fuite. Le Roy charmé de l'espoir d'être bien-tôt délivré du fleau qui desoloit les

Etats, entra dans des transports de reconnoissance qu'il ne sçavoit comment exprimer assez vivement. Il embrassoit tantôt ce Chat liberateur, & tantôt le jeune Anglois ; & pour accorder à l'un & à l'autre de dignes marques de sa reconnoissance, il déclara Whigtington son favori, & donna à ce merveilleux Chat le titre de Generalissime de ses Armées, n'ayant eu jusques-là d'ennemis à combattre que cette immensité de Souris & de Rats qui l'assiegeoient sans cesse.

Whigtington soutenu par la consideration que lui donnoit le Chat son émule, surmonta toutes les cabales de la Cour. Il gouverna plusieurs années cet Empire ; enfin gagné par l'amour de sa patrie, il obtint la liberté d'y retourner. Le Monarque, en échange du General Chat qui lui fut laissé, lui donna un navire chargé de richesses. A peine le jeune Anglois fut-il de retour en Angleterre, qu'il y fut élevé à la dignité de Maire de Londres, [1] dans ce

[1] C'est lui qui a fait construire à Londres l'Edifice où se tient la bourse.

nouveau rang, pour donner des témoignages publics de la reconnoiſſance qu'il devoit aux Chats. Il en prit le nom. Il fut appellé *Mylord Gat.* Ses deſcendans ont ſuccedé aux honneurs de cette dénomination ; ſes images ſont encore répandues en pluſieurs endroits de Londres : on le voit pompeuſement repreſenté dans les enſeignes, portant en triomphe ſur l'épaule ce Chat auquel il fut redevable de ſon bonheur & de ſa gloire.

M. Bayle, [1] à l'occaſion de la reconnoiſſance qu'on doit aux Animaux des ſervices qu'ils nous rendent, rappelle le Teſtament d'une Mademoiſelle Dupuy, témoignage bien ſenſible des obligations qu'elle croyoit avoir à ſon Chat. Mademoiſelle Dupuy avoit le talent de jouer de la harpe à un degré ſurprenant, & c'étoit à ſon Chat qu'elle devoit l'excellence où elle étoit parvenue. Il l'écoutoit attentivement chaque fois qu'elle s'exerçoit ſur ſa harpe,

[1] Diction. article Roſen ſous la remarque C. pag. 2485. Edit. de Roterdam, imprimé en 1720.

Pag. 139
Car. Coypel In.
C. Sculp.

& elle avoit remarqué en lui des degrez d'interêt & d'attendrissement, à mesure que ce qu'elle executoit avoit plus ou moins de précision & d'harmonie. Elle s'étoit formé par cette étude un goût qui lui avoit acquis une réputation universelle. A sa mort elle voulut donner à son Chat une marque convenable de sa reconnoissance; elle fit un Testament en sa faveur; elle lui legua une habitation très-agréable à la Ville, & une à la Campagne. Elle y joignit un revenu plus que suffisant pour satisfaire à ses besoins & à ses goûts; & afin que ce bien être lui fût fidélement procuré, elle legua en même temps à plusieurs personnes de mérite des pensions considerables, à condition qu'elles veilleroient sur les revenus de cet aimable legataire, & qu'elles iroient une quantité de fois marquées par semaine lui tenir compagnie. Ce Testament fut attaqué. Les plus fameux Avocats se partagerent, & écrivirent. J'ai fait inutilement jusques à present les recherches les plus exactes pour trouver les Factums qui furent faits ſur cette importante affaire. Il ſe perd comme cela tous les jours des ouvrages auſſi curieux qu'intereſſans, dont il eſt bien injuſte que le public ſe trouve privé. J'ai l'honneur d'être, &c.

ONZIE'ME LETTRE.

Les Chats considerez tels qu'ils sont aujourd'hui.

NOS Lettres précedentes, Madame, ont dévoilé les fastes des Chats d'une façon qui, je croi, paroîtra satisfaisante à ceux qui, comme nous, reconnoissent leur mérite. Mais croyez-vous qu'elle fasse assez d'impression sur les personnes prévenues contre eux ? Nous avons bien des sortes d'adversaires à combattre. Il y a des esprits severes qui affectent le pyrronisme de l'histoire, & qui nous nieront sans aucune pudeur les faits que nous aurons avancez sur la foi de la respectable antiquité. D'autres qui sont esclaves des préjugez de leur enfance, accoutumez à manquer d'égard pour les Chats, apprendront, sans en être touchez, toute leur gloire passée. Il n'y a qu'un parti à prendre, Madame ; c'est d'éxaminer l'eſpece chatte telle qu'elle eſt aujourd'hui iſolée & conſiderée en elle-même. Vous m'avez donné bien des lumieres à cet égard, dont il eſt temps de faire uſage. Tranſportons-nous d'abord dans une région ſupérieure à celle des Animaux terreſtres; c'eſt-là que nous trouverons les Chats dans un repos & dans une abondance qu'ils ne tiennent point des hommes. Pourra-t-on alors ne pas reconnoître que c'eſt par pure courtoiſie que les Chats veulent bien commercer avec nous? Libres dans le choix de leur ſéjour, ils habitent au gré de leur ambition ou de leur philoſophie, les portiques du Monarque, ou le ſimple toit du Citoyen. Il ne leur coute ni complaiſance, ni ſoin de plaire, pour en obtenir l'accès; leur legereté & leur ſoupleſſe leur ouvre, pour ainſi dire, un chemin dans les airs: c'eſt donc ſur la ſuperficie des Villes que les Chats peuplent une Ville particuliere: c'eſt-là qu'ils forment une eſpece de République qui s'entretient & fleurit par ſes propres forces. Les combles des maiſons ne ſont remplis que d'Animaux qui ſemblent n'être faits, & ne ſe reproduire que pour leur ſubſiſtance ; ainſi, ſans aucun ſecours humain, il n'y a point de Chat qui, déduction faite du temps qu'il donne à ſa pareſſe ou à ſes amours, ne trouve abondamment tout ce qui peut le rendre heureux. Et avec quelle œconomie ne jouiſſent-ils pas du bien être ? Ils ennobliſſent les beſoins de la vie, en les accompagnant des dehors de la liberté & du plaiſir ; ils commencent par ſe faire un ſpectacle de la Souris, qui va devenir leur proye : ce n'eſt que le progrès du beſoin qui les détermine enfin à ſe la ſacrifier. Les Chats dans leur agilité & dans leurs griffes portent donc, ſi j'oſe m'exprimer ainſi, & leur fortune & leur Patrie. [1]

[1] Les Allains, les Vendalles, & les Sueves, amateurs de la liberté, ne connoiſſent point de ſimbole plus propre à la repreſenter que le Chat ; auſſi portoient-ils d'or au Chat de ſable. *Method. Favyn. Hiſt. de Navarre. l. 1. pag.* 34.

Le Chat, en terme de Blazon, ſe dit *Effarouché*, lorſqu'il eſt rempant ; mais lorſqu'il a le train de derriere plus haut que la tête, on l'appelle *Heriſſoné*.

Felis efferata, Felis arrecta.

C'eſt du ſein d'une ſi heureuſe indépendance qu'ils deſcendent dans nos habitations. Eh, ſous quels auſpices encore ? avec quels agrémens viennent-ils s'y produire ? L'enjouëment le plus aimable, les attitudes fines & variées, dont l'imitation fit autrefois la gloire des plus celebres Pantomines ; voilà les talens avec leſquels ils naiſſent, & qu'ils apportent parmi nous : auſſi ne ſont-ce point des Maîtres qu'ils viennent y chercher ? Nez dans une condition heureuſe, toujours libres d'y reſter, rien ne les conduit à la ſervitude. Ce n'eſt que pure tendreſſe pour les hommes, convenances, raports d'humeur, qui fait que nous ſommes aſſez heureux pour les poſſeder ; cent fois plus eſtimables à cet égard que l'eſpece chienne, que bien des gens cependant n'ont pas honte d'élever au-deſſus d'eux. Les Chiens ne s'attachent à nous, que parcequ'ils mouroient ſans notre ſecours. Qu'on les examine bien ; humiliez par la baſſeſſe de leur condition, il n'y a ſorte d'affronts, de mauvais procedez qu'ils n'endurent n'endurent. Quelle différence ! Dans le Chien le plus parfait on ne trouve qu'un esclave fidéle ; dans son Chat on possede un ami amusant, dont l'attachement n'a rien que de volontaire ; dont tous les momens qu'il vous donne sont autant de sacrifices de cette liberté & de cette souplesse qui ne bornent ni son sejour, ni ses inclinations. [1]

Mais il faut encore les envisager par des qualitez bien supérieures. Pour peu qu'on fasse l'analyse de leurs sentimens, si j'ose m'exprimer ainsi, quelle élevation n'y découvre-t-on pas ? Rien ne les étonne ; rien ne leur en impose. Tout ce qui s'agite devient pour eux un objet de badinage. Ils croyent que la nature ne s'occupe que de leur divertissement. Ils n'imaginent point d'autre cause du mouvement ; & quand par

[1] Cet agrément du commerce des Chats devient de jour en jour plus reconnu à Paris ; ils commencent à y trouver communément les mêmes égards qu'on a pour eux dans le Levant ; on feroit une très-longue liste de ceux qui y passent une vie délicieuse. Madame la Princesse de Bouillon en a deux qui peuvent assurément voir sans en être jaloux, la condition des plus heureux Chats de l'Asie.

nos agaceries nous excitons leurs postures folâtres, ne semble-t-il pas qu'ils n'apperçoivent en nous que des Pantomines, dont toutes les actions sont autant de bouffonneries ? Ainsi de part & d'autre on se donne la comedie ; & nous divertissons, tandis que nous croyons n'être que divertis.

Cette gayeté si naturelle aux Chats me fait souvenir de ce qu'on lit de ces Rois du Turquestan, [1] qui ne se montroient jamais à leurs sujets, ni à leurs ennemis qu'avec des dehors de cette joye qui part du fond de l'ame, & qui regardant ce bien comme le premier de tous, prenoient par excellence le titre de Prince qui n'est jamais triste.

Un Chat se lasse-t-il du tumulte des Villes, les campagnes lui presentent une nouvelle patrie, où la nature semble avoir prévû tous ses besoins. Eh ! que n'a-t-elle point fait pour lui cette nature ? Est-il un animal plus heureusement constitué ? On n'apperçoit jamais d'alteration dans sa san-

[1] Bibliot. Orientale.

té ; exempt de toute inquiétude, on ne le voit point s'embarrasser des soins du lendemain. Quel avantage sur les autres Animaux ! La Prévoyance, toute estimable qu'elle a droit de nous paroître, n'en est pas moins fille de la crainte ; elle est une de ces vertus qui supposent la misere de l'état de celui qui la possede. Un Chien environné de tout ce que sa voracité lui rend de plus précieux, ne jouit pas de cette quiétude qui constitue le vrai bonheur ; à l'instant même de sa satisfaction, il sent son indigence prochaine ; il va cacher avec défiance une partie de sa richesse. Le Chat maître de sa situation, goûte dans le sein de l'abondance, le plaisir pur de la tranquilité ; son adresse & sa sobriété lui sont des garands toujours certains d'un avenir agréable.

On ne sçauroit leur reprocher, comme on feroit avec justice aux Chiens, que leur commerce nous coute des soins & de la contrainte ; Philosophes dans le choix de leur habitation, il n'est aucun endroit d'une maison qui ne leur paroisse une retraite agréable. L'heure des repas leur est indifferente ; dans les intervalles on ne craint point qu'assujettis à la soif, la rage les fasse devenir l'effroi & la destruction d'une famille qui les a élevez dans ses bras ; ils n'y apportent pas même la moindre incommodité. C'est par un murmure doux, & qui semble n'être qu'une agacerie d'amitié, qu'ils s'expliquent avec nous ; ils ménagent ainsi, avec autant d'art que de prudence, cette voix à laquelle ils donnent un essor si éclatant, quand ils se retrouvent dans cette région où les hommes n'osent aller les troubler ; on peut enfin ne s'occuper d'eux que pour s'en amuser. Les Chiens heureux seulement parcequ'ils sont nos esclaves, nous vendent cependant leur servitude, & l'inutilité dont ils sont dans les Villes ; ils multiplient nos soins domestiques. Les Chats possesseurs d'un bien être qui n'attend rien de nous, délivrent nos maisons des animaux qui les détruisent ; [1] ils nous prodiguent

[1] *Feles quidem quo silentio . . . . quam occulto speculatu in Musculos exiliunt.* Plin. lib. XI. cap. LXXIII.

l'agrément de leur commerce. Qu'on les reçoive dans l'intimité des familles, ils n'y veulent jouer que le rôle d'animaux ; ils n'exigent point des égards que les hommes ne doivent qu'aux hommes, & nous épargnent la honte de mettre au rang de nos occupations le ſoin de ſatisfaire leurs beſoins ou leurs caprices. [1]

S'ils étoient ſuſceptibles d'amour propre, dans quels Animaux ſeroit-il plus pardonnable ? A examiner le jeu & l'harmonie qu'il y a dans tous leurs membres, ne ſemble-t-il pas que la nature a donné une attention particuliere à leur conſtruction ? Elle leur a fait un avantage qui réuſſit toujours chez les hommes ; c'eſt d'avoir ce qu'on appelle une phiſionomie. L'enſemble de leurs traits qui porte un caractere de fineſſe & d'hilarité, & particulierement leurs mouſtaches ſont des dons qu'ils ne peuvent

[1] A quel ſouci, dit Montagne, en parlant des Chiens, ne nous démettons-nous point pour leur commodité ? Il ne me ſemble point que les plus abjets ſerviteurs faſſent volontiers pour leurs Maîtres ce que les Princes s'honorent de faire pour ces Bêtes. *pag.* 227. *ch.* 2. *l.* 2.

avoir reçus qu'à titre d'agrémens. Le brillant dans les yeux si estimé encore parmi les hommes, est assurément prodigué à l'espece chatte. [1] Nos yeux à nous n'ont d'autre faculté que de nous faire appercevoir les objets par le secours de la lumiere, & nous deviennent purement inutiles par tout où elle n'existe plus. Ceux des Chats portent avec eux la lumiere même. Le Sóleil ou les clartez artificielles dont nous avons un besoin indispensable dans presque toutes nos actions, ne sont pour eux qu'un spectacle; & tandis qu'arrêtez souvent dans nos projets les plus interessans, nous nous impatientons jusqu'à temps que l'obscurité cesse; les Chats amans s'entr'apperçoivent clairement dans la goutiere; & plus heureux que nous, leurs yeux en cherchant l'objet qu'ils aiment, leur suffisent pour le découvrir.

Ces qualitez lumineuses sont si dignes d'attention, qu'elles ont mérité un éloge

[1] *Nocturnorum Animalium velut Felium in tenebris fulgent, radiantque oculi.* Plin. lib. XI. cap. XXXVI.

dans le livre d'un de nos plus celebres Academiciens des Sciences. [1] Il ne balance point à honorer les yeux des Chats, & ces étincelles qu'on voit briller quand on les frotte à rebrousse poil, [2] du titre de phosphores naturels ; cette remarque fera connoître aux siecles avenirs que les Chats n'étoient pas inutiles dans les Academies, & qu'ils y concouroient à la perfection des Sciences.

Examinons à present leur caractere. Il est dangereux, si l'on en croit l'opinion vulgaire ; & cette erreur, quelque honte qu'elle fasse à notre jugement, se trouve adoptée même par des personnes de bon sens : on ne doit point s'en étonner ; les gens d'esprit sont peuples à bien des égards. C'est l'ouvrage d'une certaine portion de paresse, qui reste toujours dans ceux même qui ont le plus de penchant à s'instruire ; & quelques-uns d'ailleurs ne se reprochent

[1] M. Lemery, Traité de Chymie.

[2] *Alios audivi se in frictione nigra Felis è dorso Bellua flammas excutere solitos*; le texte est ainsi, *Fortunius luctus de Lucernis.* pag. 262.

gueres leur credulité, quand leur vanité n'eſt point bleſſée de croire.

Comme nous avons déja établi que les Chats ſont capables d'attachement & de prévenances dans la conduite qu'ils gardent avec les hommes, pour peu que nous entrions dans le détail, nous prouverons encore qu'ils ont toute la délicateſſe de l'amitié : mais on nous conteſtera que cette amitié ſoit conſtante, & qu'on puiſſe compter ſur elle ; on ne manquera pas de ſe récrier contre leur patte égratignante. C'eſt donc cette griffe tant reprochée dont il s'agit de faire connoître la candeur & l'innocence ; examinons d'abord ſa forme : elle eſt ſi aigue, & exige des Chats une ſi grande attention, une dexterité ſi parfaite pour ne point gripper, que les gens qui raiſonnent le moins, en conviennent, quand ils diſent que les Chats font patte de velours. Cette façon de parler qui paroît n'être qu'un rébus, eſt cependant une analyſe très-fine de l'adreſſe admirable avec laquelle il faut qu'un Chat ſe ſerve de ſa patte pour que ſes ongles n'égratignent point. Voilà donc les Chats dans une perpetuelle contrainte ; & de quelle eſpece encore ? contrainte qui demande une étude d'autant plus gênante, qu'elle dérange abſolument l'ordre & l'action naturelle des reſſorts de ſa machine. C'eſt donc dans une retenue, dans une attention continuelle que les Chats vivent avec nous. Pour peu qu'on ouvrît les yeux ſur cette ſituation, oſeroit-on ne pas ſentir, ne pas avouer que l'attachement des Chats eſt le plus flateur & le plus tendre que nous puiſſions inſpirer ? Il eſt vrai que dans le cours de ſa vie, un Chat aura peut-être une douzaine de diſtractions : ſa griffe reprendra malgré lui le jeu qui lui eſt impoſé par la nature ; encore ne ſera-ce que le tranſport d'une joye involontaire, l'égratignûre d'ailleurs ne tombant jamais que ſur des mains méfiantes ; cependant voilà les eſprits qui ſe révoltent : on ne lui tient plus aucun compte de ſa vertu paſſée : on ſe déchaîne : on oublie tout ce qu'il en coute à un Chat, pour ne vous pas égratigner plus ſouvent ; quelle injuſtice ! quelle ingratitude ! Un ami amuſant, délicat, a paſſé ſa vie à ſe contraindre pour vous, & vous ne pardonnerez pas à ſon amitié quelques momens de diſtraction ? La ſocieté pourroit-elle s'entretenir parmi les hommes, s'ils regardoient avec la même ſeverité, avec cet eſprit pointilleux, les coups de griffe, (si je puis m'exprimer ainſi,) qu'ils s'entredonnent & preſque toujours volontairement, dans le cours de leur liaiſon & même de leur amitié ? Ce petit manque d'égalité dans la conduite des Chats, loin de nous indiſpoſer contre eux, eſt une morale en action qui devroit ne nous les faire enviſager que comme des animaux autant capables de nous inſtruire que de nous amuſer.

Tranquiliſons-nous, Madame ; nous verrons un jour le mérite des Chats generalement reconnu. Il eſt impoſſible que dans une nation auſſi éclairée que la nôtre, la prévention, à cet égard, l'emporte longtemps encore ſur un ſentiment auſſi raiſonnable. N'en doutez point, dans les ſocietez, aux ſpectacles, aux promenades, au Bal, dans les Academies même, les Chats ſeront reçus ou plûtôt recherchez. Il eſt impoſſible qu'on ne parvienne point à ſentir que dans ſon Chat on poſſede un ami de très-bonne compagnie, un Pantomime admirable, un Aſtrologue né, un Muſicien parfait, enfin l'aſſemblage des talens & des graces ; mais nous ne pouvons encore déterminer bien préciſément quand arrivera ce ſiecle qui ſera ſi legitimement comparé au ſiecle d'or : il faudra que la raiſon ait détruit l'ouvrage du préjugé, & les progrès de la raiſon ne ſont point rapides, aux ménagemens qu'elle garde avec les hommes, quand elle les conduit. Il ſemble qu'elle craigne de leur faire appercevoir que c'eſt elle qui les entraîne ; cela eſt bien humiliant pour l'humanité, & bien contraire aux interêts des Chats. J'ai l'honneur d'être, &c.

EPITAPHE
D'UN CHAT.

MAINTENANT le vivre me fâche;
Et afin, Magny, que tu ſçache,
Pourquoi je ſuis tant éperdu,
Ce n'eſt pas pour avoir perdu
Mes anneaux, mon argent, ma bourſe;
Et pourquoi eſt-ce donques? pour ce
Que j'ai perdu depuis trois jours
Mon bien, mon plaiſir, mes amours.
Et quoi? ô ſouvenance gréve!
A peu que le cœur ne me creve,
Quand j'en parle, ou quand j'en écris:
C'eſt Belaud mon petit Chat gris:
Belaud, qui fut par avanture
Le plus bel œuvre que Nature
Fit onc en matiere de Chats:
C'étoit Belaud la mort aux Rats,
Belaud, dont la beauté fut telle,
Qu'elle eſt digne d'être immortelle.
Donques Belaud premierement
Ne fut pas gris entierement,

Ni tel qu'en France on les voit naître;
Mais tel qu'à Rome on les voit être.
Couvert d'un poil gris argentin,
Ras & poli comme satin,
Couché par ondes sur l'eschine,
Et blanc dessous comme un hermine:
    Petit museau, petites dents,
Yeux qui n'étoient point trop ardents;
Mais desquels la prunelle perse,
Imitoit la couleur diverse
Qu'on voit en cet arc pluvieux,
Qui se courbe au travers des Cieux.
    La tête a la taille pareille,
Le col grasset, courte l'oreille,
Et dessous un né ébenin,
Un petit musle lyonnin,
Au tour duquel étoit plantée
Une barbelette argentée,
Armant d'un petit poil folet
Son musequin damoiselet.
    Jambe gresle, petite patte,
Plus qu'une moufle delicate;
Sinon alors qu'il degaînoit
Cela, dont il égratignoit;
La gorge douillette & mignonne,
La queue longue à la guenonne,

Mouchetée diversement
D'un naturel bigarement :
Le flanc haussé, le ventre large,
Bien retroussé dessous sa charge,
Et le dos moyennement long,
Vrai sourian, s'il en fut ong.
Tel fut Belaud, la gente Bête,
Qui des pieds jusques à la tête,
De telle beauté fut pourvû,
Que son pareil on n'a point vû.
O quel malheur ! ô quelle perte,
Qui ne peut être recouverte !
O quel deuil mon ame en reçoit !
Vraiment la mort, bien qu'elle soit
Plus fiere qu'un ours, l'inhumaine,
Si de voir, elle eût pris la peine,
Un tel Chat, son cœur endurci
En eût eu, ce croi-je, merci:
Et maintenant ma triste vie
Ne haïroit de vivre l'envie.
Mais la cruelle n'avoit pas
Goûté les folâtres ébas
De mon Belaud, ni la souplesse
De la gaillarde gentillesse :
Soit qu'il sautât, soit qu'il gratât,
Soit qu'il tournât, ou voltigeât

D'un tour de Chat, ou ſoit encores
Qu'il print un Rat, & or & ores
Le relâchant pour quelque temps
S'en donnât mille paſſe-temps.

Soit que d'une façon gaillarde
Avec ſa patte fretillarde,
Il ſe frottât le muſequin;
Ou ſoit que ce petit coquin
Privé ſautelât ſur ma couche,
Ou ſoit qu'il ravît de ma bouche
La viande ſans m'outrager,
Alors qu'il me voyoit manger;
Soit qu'il fît en diverſes guiſes
Mille autres telles mignardiſes.

Mon Dieu! quel paſſe-tems c'étoit
Quand ce Belaud vire-voltoit,
Folâtre au tour d'une pelotte?
Quel plaiſir, quand ſa tête ſotte
Suivant ſa queuë en mille tours,
D'un roüet imitoit le cours!
Ou quand aſſis ſur le derriere
Il s'en faiſoit une jarretiere,
Et montrant l'eſtomac velu,
De panne blanche creſpelu,
Sembloit, tant ſa trogne étoit bonne,
Quelque Docteur de la Sorbonne;

Ou quand alors qu'on l'animoit,
A coups de patte il escrimoit,
Et puis appaisoit sa colere,
Tout soudain qu'on lui faisoit chere.

Voilà, Magny, les passe-temps,
Où Belaud employoit son temps;
N'est-il pas bien à plaindre donques ?
Au demeurant tu ne vis onques
Chat plus adroit, ni mieux appris
A combattre Rats & Souris.

Belaud sçavoit mille manieres
De les surprendre en leurs tesnieres,
Et lors leur falloit bien trouver
Plus d'un pertuis, pour se sauver;
Car onques Rat, tant fût-il vîte,
Ne se vit sauver à la fuite
Devant Belaud; au demeurant
Belaud n'étoit pas ignorant:
Il sçavoit bien, tant fut traitable,
Prendre la chair dessus la table,
J'entens, quand on lui presentoit,
Car autrement il vous grattoit,
Et avec la patte friande
De loin muguetoit la viande.

Belaud n'étoit point mal-plaisant,
Belaud n'étoit point mal-faisant,

Et

Et ne fit oncq; plus grand dommage
Que de manger un vieux fromage,
Une linotte & un pinſon
Qui le fâchoient de leur chanſon;
» Mais quoi, Magny, nous-mêmes hommes
» Parfaits de tous points nous ne ſommes.

Belaud n'étoit point de ces Chats,
Qui nuit & jour vont au pourchats,
N'ayant ſouci que de leur panſe:
Il ne faiſoit ſi grand' dépenſe,
Mais étoit ſobre à ſon repas
Et ne mangeoit que par compas.

Auſſi n'étoit-ce ſa nature
De faire par-tout ſon ordure,
Comme un tas de Chats, qui ne font
Que gâter tout par où ils vont.
Car Belaud, la gentille bête,
Si de quelque acte moins qu'honnête,
Contraint, poſſible il eût été,
Avoit bien cette honnêteté
De cacher deſſous de la cendre
Ce qu'il étoit contraint de rendre.

Belaud me ſervoit de joüet;
Belaud ne filoit au roüet,

Gromelant une letanie
De longue & fâcheuſe harmonie;
Ains ſe plaignoit mignardement
D'un enfantin miaudement.
Belaud (que j'aye ſouvenance)
Ne me fit oncq; plus grand' offenſe
Que de me réveiller la nuit,
Quand il entroyoit quelque bruit
De Rats qui rongeoient ma paillaſſe:
Car lors il leur donnoit la chaſſe,
Et ſi dextrement les happoit,
Que jamais un n'en échappoit;
Mais, las, depuis que cette fiere
Tua de ſa dextre meurtriere
La ſure garde de mon corps,
Plus en ſureté je ne dors:
Et or, ô douleurs non pareilles!
Les Rats me mangent les oreilles:
Même tous les vers que j'écris,
Sont rongez de Rats & Souris.
Vraiment les Dieux ſont pitoyables
Aux pauvres humains miſerables,
Toujours leur annonçant leurs maux,
Soit par la mort des animaux,

Ou ſoit par quelqu'autre préſage,
Des Cieux le plus certain meſſage.

Le jour que la ſœur de Cloton
Ravit mon petit peloton,
Je dis, j'en ai bien ſouvenance,
Que quelque maligne influence
Menaçoit mon chef de là haut,
Et c'étoit la mort de Belaud:
Car quelle plus grande tempête
Me pouvoit foudroyer la tête!
Belaud étoit mon cher mignon,
Belaud étoit mon compagnon,
A la chambre, au lit, à la table;
Belaud étoit plus accointable
Que n'eſt un petit Chien friand,
Et de nuit n'alloit point criand
Comme ces gros Marcoux terribles,
En longs miaudemens horribles:
Auſſi le petit Mitouard
N'entra jamais en Matouard:
Et en Belaud, quelle diſgrace!
De Belaud s'eſt perdu la race.

Que plaît à Dieu, petit Belon,
Que j'euſſe l'eſprit aſſez bon,

De pouvoir en quelque beau ſtile
Blaſonner ta grace gentile,
D'un vers auſſi mignard que toi :
Belaud, je te promets ma foi,
Que tu vivrois, tant que ſur terre
Les Chats aux Rats feront la guerre.

Par DUBELLAY, *Gentil-homme Angevin.* 1568.

QUELLE carriere pour découvrir des ſujets de morale, que la conduite des Chats! M. de la Fontaine a-t-il beſoin de peindre un beau naturel que les occaſions ſéduiſantes peuvent corrompre? veut-il nous mettre en garde contre nous-mêmes, quoique nous ſuivions le ſentier de la vertu? un Chat lui fournit le ſujet de ſon apologie.

LE CHAT ET LES DEUX MOINEAUX.

FABLE

A M. LE DUC DE BOURGOGNE.

UN Chat contemporain d'un fort jeune
Moineau,
Fut logé près de lui dès l'âge du berceau,

La cage, le panier avoient mêmes Penates;
Le Chat étoit ſouvent agacé par l'Oiſeau;
L'un s'eſcrimoit du bec, l'autre jouoit des pattes;
Ce dernier toutefois épargnoit ſon ami,
Ne le corrigeoit qu'à demi:
Il ſe fut fait un grand ſcrupule
D'armer de pointes ſa ferule;
Le Paſſereau moins circonſpect,
Lui donnoit force coups de bec;
En ſage & diſcrette perſonne
Maître Chat excuſoit ces jeux.
Entre amis il ne faut jamais qu'on s'abandonne
Aux traits d'un courroux ſerieux;
Comme ils ſe connoiſſent tous deux dès leur
bas âge,
Une longue habitude en paix les maintenoit,
Jamais en vrai combat le jeu ne ſe tournoit:
Quand un Moineau du voiſinage
S'en vint les viſiter, & ſe fit compagnon
Du petulant Pierot & du ſage Raton;
Entre les deux oiſeaux il arriva querelle,
Et Raton de prendre parti;
Cet inconnu, dit-il, nous la vient donner
belle,
D'inſulter ainſi notre ami:

Le Moineau du Voisin viendra manger le nôtre?
Non de par tous les Chats; entrant lors au
combat
Il croque l'étranger; vraiment, dit maître Chat,
Les Moineaux ont un goût exquis & delicat;
Cette reflexion fit aussi croquer l'autre.
Quelle morale puis-je inferer de ce fait?
Sans cela toute fable est un œuvre imparfait,
J'en crois voir quelques traits; mais leur ombre
m'abuse,
Prince, vous les aurez incontinent trouvez;
Ce sont des jeux pour vous, & non pas pour
ma Muse,
Elle & ses sœurs n'ont pas l'esprit que vous avez.

LE RENARD ET LE CHAT,

FABLE.

POESIES DU CHEVALIER DE S. GILLES.

IL n'eſt rien tel que d'avoir de l'eſprit,
dit un Renard ; pour moi, ſans contredit,
J'en ai bien plus qu'aucune autre pecore,
Et ſans mentir je puis compter encore
Deux cens bons tours que j'ai mis par écrit;
Moi, dit le Chat, j'en ſçai pour mon profit
Un merveilleux que ma mere m'apprit ;
Content du mien, tous les autres j'ignore;
Il n'eſt rien tel.
Dans ces inſtans l'un & l'autre entendit
Un bruit de Chiens, l'un & l'autre partit,
Le Matou grimpe au haut d'un Sicomore,
L'autre eſt en proye au Chien qui le dévore:
Point de fineſſe où le bon ſens ſuffit.

E'PITRE
DE TATA,
CHAT DE MAD. LA MARQUISE DE MONGLA,
A GRISETTE,
CHATTE DE MADAME DESHOUILLIERES.

J'AI reçû votre compliment;
Vous vous exprimez noblement,
Et je voi bien dans vos manieres
Que vous méprisez les goutieres.
Que je vous trouve d'agrémens!
Jamais Chatte ne fut si belle;
Jamais Chatte ne me plut tant:
Pas même la Chatte fidelle
Que j'aimois uniquement.
Quand vous m'offrez votre tendresse,
Me parlez-vous de bonne foi?
Se peut-il que l'on s'interesse
Pour un malheureux comme moi?
Hélas! que n'êtes-vous sincere?
Que vous me verriez amoureux!
Mais je me forme une chimere;
Puis-je être aimé? puis-je être heureux?

Vous dirai-je ma peine extrême ?
Je ſuis réduit à l'amitié,
Depuis qu'un jaloux ſans pitié
M'a ſurpris aimant ce qu'il aime.
Epargnez-moi le récit douloureux
De ma honte & de ſa vengeance ;
Plaignez mon deſtin rigoureux.
Plaindre les maux d'un malheureux,
Les ſoulage plus qu'on ne penſe ;
Ainſi je n'ai plus de plaiſirs.
Indigne d'être à vous, belle & tendre Griſette,
Je ſens plus que jamais la perte que j'ai faite,
En perdant mes deſirs,
Perte d'autant plus déplorable
Qu'elle eſt irréparable.

RÉPONSE

DE GRISETTE A TATA.

COMMENT osez-vous me conter
Les pertes que vous avez faites?
En amour c'est mal debuter,
Et je ne sçai que moi qui voulût écouter
Un pareil conteur de fleurettes.
Ha! fy (diroient nonchalemment
Un tas de Chattes précieuses)
Fy, mes cheres, d'un tel amant;
Car si j'ose, Tata, vous parler librement,
Chattes aux airs panchez sont les plus amoureuses.
Malheur chez elles aux Matous
Aussi disgraciez que vous.
Pour moi qu'un heureux sort fit naître tendre & sage,
Je vous quitte aisément des solides plaisirs;
Faisons de notre amour un plus galant usage:
Il est un charmant badinage,
Qui ne tarit jamais la source des desirs.

Je renonce pour vous à toutes les goutieres,
Où (ſoit dit en paſſant) je n'ai jamais été;
Je ſuis de ces Minettes fieres,
Qui donnent aux grands airs, aux galantes manieres.
Hélas! ce fut par-là que mon cœur fut tenté,
Quand j'appris ce qu'avoit conté
De vos appas, de votre adreſſe
Votre incomparable Maitreſſe.
Depuis ce dangereux moment,
Pleine de vous autant qu'on le peut être,
Je fis deſſein de vous faire connoître
Par un doucereux compliment
L'amour que dans mon cœur ce récit a fait naître.
Vous m'avez confirmé par d'agréables vers
Tout ce qu'on m'avoit dit de vos talens divers.
Malgré votre juſte triſteſſe,
On y voit, cher Tata, briller un air galant,
Les miens répondront mal à leur délicateſſe:
Ecrire bien n'eſt pas notre talent;
Il eſt rare, dit-on, parmi les hommes même.
Mais de quoi vais-je m'allarmer?
Vous y verrez que je vous aime,
C'eſt aſſez pour qui ſçait aimer.

RE'PONSE.

DE TATA A GRISETTE.

GRISETTE, avec raiſon je ſuis charmé
de vous,
Vous avez de l'eſprit plus que tous les Matous;
Jamais, à ce qu'on dit, Chatte ne fut mieux
faite:
Mais ceci ſoit dit entre nous,
N'êtes-vous point un peu coquette?
Vous pouvez l'avouer, ſans paroître indiſcrete.
Le mal n'eſt pas grand en effet;
Et, s'il faut tout dire, Griſette,
Moi-même franchement je ſuis un peu coquet,
Malgré la perte que j'ai faite.
On peut bien ſans amour écrire galamment,
Quand on a comme vous tant de belles lumieres.
Mais, croyez-moi, pour parler ſçavamment,
Sur-tout en certaines matieres,
Il faut avoir frequenté les goutieres;
On ne devient pas habile autrement.

Après tout, c'eſt une foibleſſe
A nous de n'oſer coquetter :
Sur ce point pourquoi nous flatter ?
Les Matous coquettent ſans ceſſe,
C'eſt-là leur vrai talent ; à quoi bon le cacher ?
Il n'eſt point de Chatte Lucrece,
Et l'on ne vit jamais de prude en notre eſpece ;
Cela ſoit dit ſans vous fâcher.

Coquettons, cherchons à nous plaire,
Puiſque le ſort le veut ainſi ;
En un mot, aimons-nous, nous ne ſçaurions mieux faire ;
Vous avez de l'eſprit, j'en ai ſans doute auſſi ;
Je croi que je ſuis votre affaire.

Avec moi votre honneur ne court aucun danger,
C'eſt un malheur dont quelquefois j'enrage,
Et c'eſt pour vous, Griſette, un petit avantage ;
Car, s'il eſt vrai que vous ſoyez ſi ſage,
Je n'aurois pû vous engager.
Ah ! vous m'entendez bien, mais changeons de langage,
Je pourrois vous deſobliger.

Eh bien, ma chere Grisette,
Etablissons un commerce entre nous;
Foi de Matou, vous serez satisfaite
Des respects que j'aurai pour vous.

RÉPONSE.

DE GRISETTE A TATA.

LORSQUE j'abandonne pour vous
De charmans, de tendres Matous,
Quand je penſe établir une amitié parfaite,
Car c'eſt tout ce que l'on peut établir entre nous,
Pourquoi m'appellez-vous coquette ?
La réprimande eſt indiſcrette ;
D'une bizarre humeur elle paroît l'effet :
Eſt-ce, ſur le nom de Griſette,
Que vous me ſoupçonnez d'avoir le cœur coquet ?
Mon nom ne convient pas à l'air dont je ſuis faite.

Quoi ! pour écrire galamment,
Pour avoir dans l'eſprit quelques vives lumieres,
Falloit-il aſſurer qu'on ne peut ſçavamment
Parler ſur certaines matieres,
Sans avoir couru les goutieres ?
Chats connoiſſeurs en jugent autrement.

Mais

Mais quand même on auroit quelque douce foiblesse,
Est-ce avec vous, hélas ! qu'on voudroit coquetter ;
Vous aimez trop à vous flatter.
Il est temps que votre erreur cesse,
Elle m'outrage enfin, pourquoi vous le cacher ?
S'il n'est point de Chatte Lucrece,
Il n'est point de Tarquins, Tata, de votre espece,
Cela soit dit, sans vous fâcher.

Quand un Chat, comme vous, se propose de plaire,
Il devroit en user ainsi,
Des jaloux soupçons se défaire,
Et de ses airs grondeurs aussi,
Sans cela, Tata, point d'affaire.

Je ne veux point du tout m'aller mettre en danger
D'entendre tous les jours dire morbleu j'enrage:
Il n'en faudroit pas davantage
Pour me rebuter d'être sage ;
Et souvent par dépit on se peut engager
A quelque bagatelle au de-là du langage,
Ceci soit dit encore, sans vous desobliger.

Adieu, Tata, foi de Griſette,
Mais de Griſette comme nous,
Je ne ſuis pas plus ſatisfaite
De votre Lettre que de vous.

RE'PONSE.

DE GRISETTE A COCHON,

Chien du Maréchal de Vivonne.

ON auroit bien connu, ſans que vous l'euſſiez dit,
Que vous êtes ſorti de la race cinique;
L'air dont vous répondez à ce qu'on vous écrit,
En eſt une preuve authentique;
Vous ne mordez pas mal; pour vous rien n'eſt ſacré;
Devant vous rien ne trouve grace;
Vous déchirez tout, & malgré
De vingt ſiecles le long eſpace,
Du beau talent de votre race
Vous n'avez point dégeneré:
Mais qu'il ſoit véritable, ou qu'il ſoit apocriſe,
Que vous ſoyez des deſcendans
De ces Philoſophes mordans,
Si vous avez de bonnes dents,
Nous n'avons pas mauvaiſe griffe;

Cependant, comme j'aime à n'en jamais uſer,
 Si vous vouliez bien vous défaire
De certaine hauteur qui ne me convient guére,
Je pourrois avec vous quelquefois m'amuſer.
Vous me croyez peut-être une Chatte vulgaire :
 Je m'en vais vous deſabuſer.
Si pour ayeux vous comptez Diogene,
 Cratès, & tous les autres Chiens,
Moi, que vous mépriſez, je compte pour les miens
 Tous les Dieux dont la Fable eſt pleine.
 Quand les Titans audacieux
Riſquerent follement d'eſcalader les Cieux,
 Le Dieu qui lance le tonnerre,
Incertain du ſuccès d'une inſolente guerre,
 Voulut que Déeſſes & Dieux
 Quittaſſent le Ciel pour la terre;
Dont, ſoit dit en paſſant, ils furent tous joyeux:
Entre tous les pays l'Egypte fut choiſie.
 Là, ſous de différentes peaux,
 Sous de jolis, de laids muſeaux,
Se cacherent un temps les bûveurs d'ambroiſie.

L'un étoit Bœuf, l'autre étoit Ours;
L'autre d'un beau plumage emprunta la parure :
Une Chatte fut la figure
Que prit la Reine des Amours;
Et comme elle est bonne Princesse,
Pour éviter oisiveté,
Elle contenta la tendresse
D'un jeune Chat épris de sa beauté,
Tant qu'enfin la belle Déesse
Fit des Chatons en quantité.
C'est de cette source divine
Que je tire mon origine.
Qui de nous deux, Cochon, dites la vérité,
Doit se piquer de qualité ?
Ce discours vous déplaît peut-être.
Parlons de votre esprit, vous en faites paroître
Dans tout ce que vous écrivez.
Mais est-il à vous seul cet esprit qui sçait plaire ?
Et ne devez-vous point à votre Secretaire
Tant de brillans endroits si finement trouvez ?

Entre nous, Cochon, je ſoupçonne
Qu'un tel Secretaire vous donne
Plus d'eſprit que vous n'en avez.
Je connois ſon tour, ſes manieres
Vives, charmantes, ſingulieres.
Apollon, ne fait pas des Vers plus élevez :
Pour moi, je n'ai que mes ſeules lumieres;
Je vous l'apprens, ſi vous ne le ſçavez;
Et que je ne cours point les toits, ni les goutieres :
Jamais cris aigus, ſcandaleux,
Ne ſont ſortis de ma modeſte gueule.
Lorſque l'Amour me fait ſentir ſes feux,
Ce n'eſt qu'à ma Maitreſſe ſeule
Que j'oſe confier mes ſecrets amoureux.
Alors ſenſible aux tourmens que j'étale,
D'un Chat digne de moi ſa bonté me régale;
Cela s'appelle-t-il un deſtin malheureux?
Si ce Maréchal qui vous aime,
Vouloit pour vous faire de même;

Si ce véritable Heros,
Qui ſeul a plus d'eſprit & de valeur que trente,
Lorſque l'Amour trouble votre repos,
Offroit à vos deſirs une Chienne charmante,
On ne vous verroit point réduit
A la néceſſité d'idolatrer ſans fruit
Une Maitreſſe égratignante.

RE'PONSE
DE GRISETTE A COCHON.

JAMAIS Chien n'eut tant de ſçavoir,
Jamais Chien n'eut tant d'éloquence,
Tant d'eſprit, tant d'amour que vous en faites voir.
Veuillent les Immortels, auteurs de ma naiſſance,
Soutenir contre vous mon chancellant devoir.
Ils exaucent mes voeux, & déja je commence
A ſentir dans mon cœur l'effet de leur ſecours.
Je vous vois des défauts qui vont rompre le cours
D'un feu, qui m'auroit pû couter mon innocence :
Oui, je remarque en vous un défaut furieux;
En eſt-il un plus grand que l'indigne foibleſſe,
Qui vous fait renoncer à vos doctes Ayeux ?
Il vous feroit plus glorieux
Qu'on crut qu'avec leur ſang vous avez leur ſageſſe,
Que de puiſer votre nobleſſe
Dans la ſource du ſang des Dieux;

Semblable à ces humains, dont la vaine folie
Eſt de traîner d'illuſtres noms,
Et qu'à prix d'argent on allie
Aux plus éclatantes Maiſons,
Dont l'antique Hiſtoire eſt remplie,
Découvrent-ils des noms plus grands ?
Un fourbe Genéalogiſte
D'eux, à ces noms trouve une piſte ;
Comme ils changent d'habits, ils changent de parens ;
Chez eux l'orgueil domine, & non pas la nature.
Je connois leurs défauts mieux qu'ils ne font les miens ;
Mais je ne ſçavois pas, Cochon, je vous le jure,
Qu'il fut des d'Oziers chez les Chiens ;
A-peu-près voilà votre hiſtoire :
Hier Cynique, aujourd'hui Dieu ;
Vous êtes dans les Cieux, aux bords de l'onde noire,
Et ſur terre, en troiſiéme lieu ;
Cela n'eſt pas facile à croire.

Quoi ! vous ſeriez tout-à-la-fois
Le grand Chien dont l'ardeur nous brûle ?
Le laid Chien à la triple voix ?
Le gros Chien dont je fais ſcrupule
D'écouter les tendres abois ?
Vous parois-je aſſez bête, ou bien aſſez credule,
Pour croire qu'un Chien en ſoit trois ?
Lorſque je vous contai la galante avanture
Qu'eut Venus ſur les bords du Nil,
Je n'eus point, comme vous, recours à l'impoſture ;
Je ne prouve pas bien, dites-vous, qu'en droit fil
Je ſois de la Mere des Graces ;
Quelle preuve vous en faut-il ?
Paſſons-nous des Contrats qui des premieres Races
Juſqu'à nous conſervent les traces ;
Je ne puis donc avoir pour moi
Que la ſeule Mytologie.
Quel livre eſt plus digne de foi,
Qu'un livre qui contient en ſoi
La premiere Théologie ?

Si parmi les céleſtes feux
Qui reglent le ſort de chaque être,
On voit votre eſpece paroître,
N'en ſoyez pas plus orgueilleux.
L'Aſne de l'yvrogne Silene,
Le Bouc ſale & puant, le Scorpion hideux,
Et mille monſtres affreux
Font, comme elle, briller la lumineuſe plaine.
Mais, Cochon, montrez-moi quelqu'un de parmi vous,
Dont on ait crû la cervelle aſſez ſaine,
Pour lui donner la forme humaine,
Comme les Dieux ont fait pour nous.
Jadis un jeune fou poſſedoit une Chatte,
Pour qui l'hiſtoire dit qu'il prit beaucoup d'amour;
Il ne ſe paſſoit pas un jour
Qu'il ne baiſât cent fois & ſa gueule & ſa patte,
De cet étrange amour c'étoit-là tout le fruit;
Et comme il faut quelqu'autre choſe,
Ce pauvre Amant ſe vit réduit
A demander aux Dieux une métamorphoſe.

Il n'épargna ni ſoins, ni pleurs, ni revenus,
Pour ſe rendre Venus propice.
Le celebre Temple d'Erice
Fuma de plus d'un ſacrifice.
Il fit tant enfin que Venus,
Par excès de pitié pour ſa bizarre flamme,
De ſa Chatte fit une femme.
N'allez pas en Chien ignorant
Croire encor que j'impoſe à la belle Déeſſe;
De l'honneur fait à mon eſpece,
Je donne Eſope pour garant:
Mais oublions tous deux notre Race immortelle.
Finiſſons, Cochon, j'y conſens,
Une ſi fameuſe querelle;
Soyez pour moi tendre & fidelle.
Malgré les Dieux, je cede au trouble que je ſens.
Que les galans propos, que les jeux innocens
Naiſſent chez nous d'une tendreſſe
Que ne ſoutiendra point le commerce des ſens.

Allons enſemble, allons ſans ceſſe
Cueillir aux rives du Permeſſe
De ces fleurs qui durent toujours.
Couronnons-en ce Maître incomparable,
Dont le divin Genie embellit vos diſcours;
Et laiſſons dans le monde un ſouvenir durable
De nos ſinguliers Amours.

FIN.

TRAGEDIE.

ACTEURS.

GRISETTE, *Chatte de Madame Deshouillieres, Amante de Cochon.*

MIMY, *Chat de Mademoiselle Deshouillieres, Amant de Grisette.*

MARMUSE, *Chat de Madame Deshouillieres, Confident de Mimy.*

CAFAR, *Chat des Minimes de Chaillot, Député des Chats du Village.*

Troupe de Chats du Voisinage.

L'AMOUR.

La Scene est à Paris dans la maison de Madame Deshouillieres.

TRAGEDIE.

Le Theâtre s'ouvre, & represente une Therasse de plein pied aux Goutieres.

SCENE I.

MIMY, MARMUSE, *Chœur de Chats du Voisinage.*

MIMY.

JE ne puis souffrir les rigueurs dont Grisette
Paye mes soins & mon tourment.
Pour Cochon, tu le sçais, l'ingrate me maltraite;
Ciel, quel déreglement!
Une Chatte choisir un Chien pour son amant:

Conçois-tu bien, mon cher Marmuſe,
L'excès des peines que je ſens ?
Depuis deux ans
Un vilain Chien poſſede un cœur qu'on me refuſe.

MARMUSE.

A votre deſeſpoir, Mimy,
Je ne puis exprimer combien je ſuis ſenſible,
J'ai vers la belle gloire une pente terrible;
Et de plus je ſuis votre ami,
Croyez-moi, quittez une Chatte
Aſſez peu délicate,
Pour préferer un Chien au plus parfait des Chats.

MIMY.

Je ne ſçaurois ceſſer d'adorer ſes appas;
Mais il faut aujourd'hui que ma vengeance éclate;
Ami, ne m'abandonne pas,
Viens m'aider à punir une maitreſſe ingrate.

MARMUSE.

Quand il faut vous ſervir, pour moi rien n'eſt ſacré;
Allons, je vous offre ma pate,
Diſpoſez-en à votre gré.

SCENE

SCENE II.

MIMY, MARMUSE, CAFAR, *Chœur des Chats du Voiſinage.*

CAFAR.

APPRENEZ, beaux Matoux, une grande nouvelle,
Cochon vient de perdre le jour;
Une rage affreuſe & cruelle
A Griſette a ravi l'objet de ſon Amour.

MARMUSE.

Le cœur de Griſette
Eſt donc à louer
Avec la Coquette
Qui veut ſe jouer?
Pour moi qui me penſe
Un Chat d'importance,
Je ne ferai rien
Qui vous faſſe dire
Que mon cœur aſpire
Aux reſtes d'un Chien.

MIMY.

Quelle main favorable a lavé notre injure
Dans le ſang de ce Chien maudit?
Cafar, faites-nous le récit
De cette agréable avanture.

MARMUSE.

Ne va pas imiter le ſtile triomphant
D'un genre de mortels que Beaux Eſprits on nomme,
La Mouche entre leurs mains devient un Elephant ;
Et l'on pourroit aller de Paris juſqu'à Rome,
Avant qu'ils euſſent dit le chagrin d'un enfant
A qui l'on dérobe une pomme.

CAFAR.

Je n'ai garde d'être ſi ſot.
Un Village ici-près qu'on appelle Chaillot,
Agréable, abondant, vaſte, peuplé tout comme....

MARMUSE.

Juſtement, t'y voilà, nous pouvons faire un ſomme,
Avant que nous ſoyons à la mort de Cochon,
Harangueur faſtueux, dont l'éloquence aſſomme,
Puiſſe-t'on de ta peau bien-tôt faire un manchon.

CAFAR, *à Mimy.*

Ce fou vous eſt-il néceſſaire?

MIMY.

Ne vous amuſez pas à ſes emportemens.

CAFAR.

Sçachez donc que depuis un temps
Chaillot eſt devenu le ſéjour ordinaire
D'un Maréchal vaillant comme défunt Ceſar,
Sage comme un Caton, ſçavant comme un Homere....

MARMUSE.

Alte-là, mon ami Cafar,
L'éloge n'eſt pas ton affaire;
Nous connoiſſons ce Maréchal,
Ce qu'il a fait, ce qu'il peut faire,
Et nous l'aimons, foi d'animal.

CAFAR, *à Mimy.*

Ne voulez-vous pas faire taire
Ce petit fripon de Matou?

MIMY, *à Marmuſe.*

Ah! Marmuſe, écoutez, ſi vous voulez me plaire.

MARMUSE.

Qu'il me ſoit donc permis de baailler tout mon ſoû.

CAFAR.

Cochon trop orgueilleux des faveurs de ſon
Maître,
De tous les autres Chiens attirant le couroux:
Ç'en eſt trop, dirent-ils, vengeons-nous, vengeons-nous;
Il faut nous défaire d'un traître.
La rage à cet inſtant vint s'offrir devant eux:
Qu'un de vous aujourd'hui, dit-elle, me reçoive,
Sans qu'on s'en apperçoive,
Je punirai cet orgueilleux.
Citron, ſans tarder davantage,
Ouvre toute ſon ame à la cruelle rage;
D'abord ce Chien adroit
Parcourut le Village,
Puis vint prendre Cochon par un vilain endroit,
Et l'envoya là-bas tout droit.

MIMY.

La fortune pour nous devient donc favorable;
Ce Chien, ce Rival redoutable,
Pour qui nos tendres ſoins ont été négligez,
A ſubi des Deſtins l'arrêt irrévocable;
Mais peut-être les maux dont l'Amour nous accable
N'en feront pas plus ſoulagez,

Grisette pleurera ses plaisirs dérangez.
Quand on aime, est-ce un avantage,
De voir du fier objet, à qui l'on rend hommage,
Les beaux yeux toujours affligez?

CHOEUR DE CHATS.

Miaou, miaou, nous sommes tous vengez,

MARMUSE, *à Mimy.*

Au lieu de vous répandre en de belles paroles,
Nous ferions mieux d'aller à pas bien ménagez
Dérober là-bas quelques soles,
Ou de certains chapons, de graisse tout chargez,
Que je sçai qu'on n'a pas mangez.

MIMY.

Marmuse, un autre soin m'occupe.

MARMUSE.

En Heros de Roman, comme une franche dupe,
Cher ami vous vous érigez.

CHOEUR DE CHATS.

Miaou, miaou, nous sommes tous vengez.

SCENE III.

GRISETTE, MIMY, MARMUSE, CAFAR, *Chœur de Chats du Voisinage.*

GRISETTE.

CRUELS Matous, qu'osez-vous dire ?
Songez-vous que vous m'outragez ?

CHOEUR DE CHATS.

Miaou, miaou, nous sommes tous vengez.

GRISETTE.

A mes cruels ennuis je ne sçaurois suffire,
Mon juste desespoir va finir mes malheurs,
Miaou, miaou, coulez, coulez mes pleurs
Malgré la haine naturelle,
Que le Ciel en naissant imprima dans nos cœurs:
Cochon desarma mes rigueurs;
Et je perdis pour lui le beau nom de cruelle;
Miaou, miaou, coulez, coulez mes pleurs.

MARMUSE.

Grisette, rougissez de vos folles douleurs.

CHOEUR DE CHATS.

Grisette, rougissez de vos folles douleurs;

GRISETTE.

Non, ce n'est point assez de pleurer ce que
j'aime;
Son trépas demande le mien.
Mourons pour cet illustre Chien:
A ces manes errans immolons, nous nous-mêmes;
Non ce n'est point assez de pleurer ce que j'aime,
Son trépas demande le mien.

MIMY.

Ce n'est donc pas assez, Chatte injuste & barbare,
D'avoir trahi votre devoir,
Par une passion bizare,
Quand la mort d'un rival rallume mon espoir,
Il faut encor me faire voir
Tout ce qu'à mon amour votre douleur prépare.
Craignez que cette pate.... ah! ma raison s'égare,
Je frissonne.... je meure....

MARMUSE, *à Mimy.*

Bon soir.

A Grisette.

C'est un diable quand on l'irrite;
Ne vous exposez pas à son ardent couroux,
A contenter ses feux tout en lui vous invite;
Cochon n'avoit d'autre merite
Que celui d'être aimé d'un Heros & de vous.

GRISETTE.

Son choix autorisoit ma fatale foiblesse;
On sçait pour mon Amant la douleur qui le presse,
Mon cher Cochon étoit le plus beau des tou-tous.
Miaou, miaou.

MARMUSE.

Peste des Miaous.
Beauté capricieuse
Soyez un peu moins précieuse,
Le ridicule suit de bien près les grands goûts.

Cet assemblage de merveilles,
Ce Cochon, ce Chien tant aimé,
Etoit sans queue & sans oreilles;
Il fut, dit-on, sauvé de l'égout de Marseilles,
Et Cochon fut nommé,
Tant il avoit de l'air de cette bête immonde;
Il sortoit de sa gueule une certaine odeur,
Qui se faisoit sentir de cent pas à la ronde;
Il ne lui restoit plus qu'un œil distillateur:
C'étoit à cela près le plus beau Chien du monde.

GRISETTE, CHOEUR DE CHATS.

Non, Cochon étoit fait { Pour enflamer un cœur.
Pour faire mal au cœur.

MARMUSE.

Durant tout le cours de sa vie,
Il ne se passa jour, je n'en excepte aucun,
Qu'il ne lui prît une sincere envie
De dévorer toujours quelqu'un;
Chapons, Perdrix entroient dans sa panse profonde,
Sans qu'il prît soin de les mâcher.
Caresses, ni bienfaits ne pouvoient le toucher;
C'étoit, à cela près, le meilleur Chien du monde.

GRISETTE.

Ose-t-on à mon cœur porter de pareils coups ?
Ah ! que d'horreurs, & quel blasphême !
Redoutez, médisans Matous,
Redoutez ma fureur extrême,
Tremblez, tremblez tous.
Toi divine Venus, dont je suis descendue,
Viens ici défendre mes droits ;
Ne laisse pas pour moi ta tendresse inconnue ;
Punis des habitans des toits
La brutale & dure insolence,
C'est en moi ton sang qu'on offense.

MARMUSE.

Nous redoutons peu sa vengeance,
Un Chat aux bords du Nil fut jadis son époux,
Et nous avons fait connoissance,
Tandis qu'elle étoit parmi nous.
Cessez donc d'invoquer la charmante Déesse,
Redonnez-vous à votre espece,
Votre destin sera plus doux.

CHOEUR DE CHATS.

Redonnez-vous à votre espece,
Votre destin sera plus doux.

GRISETTE.

Je dois à Cochon ma tendresse;
Dussiez-vous être encor mille fois plus jaloux,
Vous verrez à quel point pour lui je m'interesse.

CHOEUR DE CHATS.

Redonnez-vous à votre espece,
Votre destin sera plus doux.

MARMUSE.

MENUET.

Il faut n'être pas mal folle,
Pour aimer un Amant mort;
Les humains en sont d'accord;
On apprend à leur école
Que l'absent a toujours tort.

MIMY.

L'ingrate a déja fait retraite,
Elle fuit mes feux irritez.
Ah! cruelle Chatte, arrêtez,
Grisette, Grisette, Grisette.

CHOEUR DE CHATS.

Grisette, Grisette, Grisette.
Ah! cruelle Chatte, arrêtez.

SCENE IV.

L'AMOUR, MIMY, MARMUSE, CAFAR, CHOEUR DE CHATS.

L'Amour à califourchon ſur une Goutiere.

TENDRE Matou, laiſſez-la faire,
Votre infortune finira ;
J'en jure par mon arc, j'en jure par ma mere ;
La conſtance eſt une chimere,
Dont Griſette ſe laſſera.

CHOEUR DE CHATS.

Croyons, croyons l'Amour, ce Dieu nous vengera.

FIN.

TABLE

DES MATIERES.

A.

B.

C.

F.

G.

H.

Homere

M.

N.

O.

P.

Q.

R.

S.

T.

Fin de la Table des Matieres.

ERRATA.

P*Age seiziéme, note premiere, ligne sixiéme*, tuyeau, *lisez* tuyau.

Le Dieu Pet : *voyez ici sa representation qu'on avoit oublié de mettre à la page* 31.

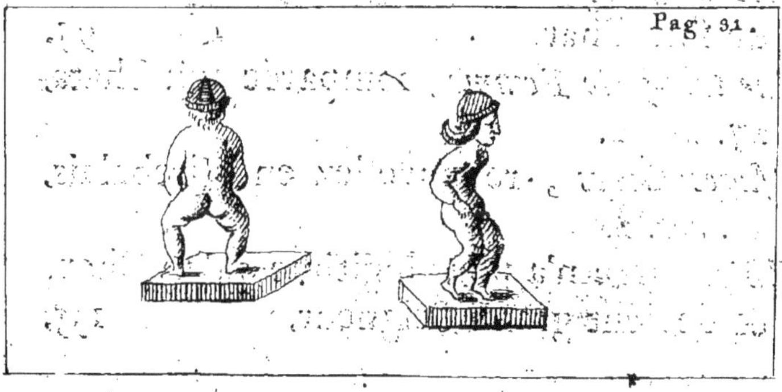

Page 36. *ligne* 2. les obseques ont été plus decorés, *lisez* decorées.

Page 53. 12. *ligne*, Trimegiste, *lisez* Trismegiste.

Pag. 54. *ligne* 9. Trimegiste, *lisez* Trismegiste.

Dans la Généalogie de Brinbelle, la date de son arrivée en France est fausse, celles de la naissance de ses illustres enfans le sont aussi ; à cela près cette Généalogie est extrêmement fidelle.

Pag. 81. *not.* 2. *à la sixiéme ligne*, fœmina, *lisez* fœminæ.

Pag. 112. *not.* 3. *lign.* 1. Felis, *lisez* Feles.

Pag. 123. *lign.* 1. Abénecrages, *lisez* Abencerages.

Pag. 128. *lig.* 8. filles Minées, *lisez* filles de Minée.

Page 134. *la derniere ligne de la note*, Meruera, *lisez* Mervera.

Page 144. *ligne* 7. Pantomines, *lisez* Pantomimes.

Page 146. *ligne* 3. Pantomines, *lisez* Pantomimes.

APPROBATION.

J'AI lû par ordre de Monſeigneur le Garde des Sceaux, un Manuſcrit intitulé *les Chats*, dont on peut permettre l'impreſſion. A Paris le 18 Mars 1727. CHERIER.

PRIVILEGE DU ROY.

LOUIS PAR LA GRACE DE DIEU ROY DE FRANCE ET DE NAVARRE: A nos amez & feaux Conſeillers les gens tenans nos Cours de Parlement, Maîtres des Requêtes ordinaires de notre Hôtel, Grand-Conſeil, Prevôt de Paris, Baillifs, Sénéchaux, leurs Lieutenans Civils, & autres nos Juſticiers qu'il appartiendra; SALUT. Notre bien amé le Sieur *** Nous a fait remontrer qu'il auroit composé un Manuſcrit qui a pour titre *Les Chats*, dont il deſireroit faire imprimer & donner au Public, s'il Nous plaiſoit lui accorder nos Lettres de Privilege ſur ce néceſſaires; offrant pour cet effet de le faire imprimer en bon papier & beaux caracteres, ſuivant la feuille imprimée & attachée pour modele ſous le Contre-Scel des Preſentes. A CES CAUSES, voulant traiter favorablement ledit Expoſant, Nous lui avons permis & permettons par ces Preſentes de faire imprimer ledit Livre ci-deſſus ſpecifié, en un ou pluſieurs volumes, conjointement ou séparément, & autant de fois que bon lui semblera, sur papier & caracteres conformes à ladite feuille imprimée & attachée sous notredit Contre-Scel, & de le vendre, faire vendre & débiter par tout notre Royaume pendant le temps de huit années consecutives, à compter du jour de la datte desdites Presentes. Faisons défenses à toutes sortes de personnes, de quelque qualité & condition qu'elles soient, d'en introduire d'impression étrangere dans aucun lieu de notre Obéissance; comme aussi à tous Libraires, Imprimeurs, & autres, d'imprimer, faire imprimer, vendre, faire vendre, débiter, ni contrefaire ledit Livre en tout, ni en partie, ni d'en faire aucuns Extraits, sous quelque prétexte que ce soit d'augmentation, ou correction, changement de titre, ou autrement, sans la permission expresse & par écrit dudit Exposant, ou de ceux qui auront droit de lui, à peine de confiscation des Exemplaires contrefaits, de quinze cent livres d'amende contre chacun des contrevenans, dont un tiers à Nous, un tiers à l'Hôtel-Dieu de Paris, l'autre tiers audit Exposant, & de tous dépens, dommages & interêts; à la charge que ces Presentes seront enregistrées tout au long sur le Registre de la Communauté des Libraires & Imprimeurs de Paris, dans trois mois de la datte d'icelles; que l'impression de ce Livre sera faite dans notre Royaume, & non ailleurs; & que l'Impetrant se conformera en tout aux Réglemens de la Librairie, & notamment à celui du dix Avril 1725; & qu'avant que de l'expoſer en vente ; le Manuſcrit ou Imprimé, qui aura ſervi de copie à l'impreſſion dudit Livre, ſera remis dans le même état où l'Approbation y aura été donnée, ès mains de notre très-cher & feal Chevalier, Garde des Sceaux de France, le Sieur Fleuriau d'Armenonville, Commandeur de nos Ordres ; & qu'il en ſera enſuite remis deux Exemplaires dans notre Bibliotheque publique, un dans celle de notre Château du Louvre, & un dans celle de notredit très-cher & feal Chevalier, Garde des Sceaux de France, le Sieur Fleuriau d'Armenonville, Commandeur de nos Ordres, le tout à peine de nullité des Preſentes : Du contenu deſquelles vous mandons & enjoignons de faire jouir l'Expoſant, ou ſes Ayans cauſe, pleinement & paiſiblement, ſans ſouffrir qu'il leur ſoit fait aucun trouble ou empêchement. Voulons que la Copie deſdites Preſentes qui ſera imprimée tout au long au commencement ou à la fin dudit Livre, ſoit tenue pour dûement ſignifiée, & qu'aux Copies collationnées par l'un de nos amez & feaux Conſeillers & Secretaires, foi ſoit ajoutée comme à l'Original. Commandons au premier notre Huiſſier ou Sergent de faire pour l'execution d'icelles tous Actes requis & néceſſaires, ſans demander autre permiſſion, & nonobſtant Clameur de Haro, Charte Normande, & Lettres à ce contraires. CAR tel eſt notre plaiſir. DONNE' à Paris le troiſiéme jour du mois d'Avril, l'an de grace mil ſept cent vingt-ſept, & de notre Regne le douziéme. Par le ROY en ſon Conſeil. DE-SAINT-HILAIRE.

Regiſtré ſur le Regiſtre VI. de la Chambre Royale & Syndicale de la Librairie & Imprimerie de Paris No. 635. fol. 510. conformément au Reglement de 1723. qui fait défenſes art. IV. à toutes perſonnes de quelque qualité qu'elles ſoient, autres que les Libraires & Imprimeurs, de vendre, débiter & faire afficher aucuns Livres pour les vendre à leurs noms, ſoit qu'ils s'en diſent les Auteurs, ou autrement, & à la charge de fournir les Exemplaires preſcrits par l'article CVIII. du même Reglement. A Paris le vingt-neuf Avril mil ſept cent vingt-ſept. BRUNET, Syndic.

www.ingramcontent.com/pod-product-compliance
Lightning Source LLC
Chambersburg PA
CBHW061436030726
47503CB00005B/1444
* 9 7 8 2 0 1 9 9 9 2 7 9 8 *